浮世情懷

三民叢刊82

劉安諾著

三民書局印行

摘帽小記（代序）

劉安諾

一向亂中「無」序，行事慣隨興之所至，在寫作上竟也不能例外。

靈感有時排山倒海而來，更多的時候僅一絲絲、一縷縷，悠然而至。靈感，說穿了，不過是作者腦海中偶而浮起的意念。有的意念日益强大，不可抗拒；有的如曇花一現，須及時捕捉。內容亦不整齊劃一。有的較適合寫小說，有的較適合寫散文；有的宜嚴肅，有的宜幽默，有的適宜亦莊亦諧；有的須較長篇幅，有的三言二語便了事，有的介乎其中。

說穿了，作者好比裁縫，因衣料性質長短的差異，而剪裁縫製不同的服裝。

做不同的事，英文稱「戴不同的帽子」；寫不同的文章，也可能因此戴不同的帽子。有一陣我幽默散文寫得較多，竟因而迷迷糊糊被扣上了「幽默作家」的高帽子。

高帽子人人愛戴，我也未能例外，何況它光采奪目，令人不忍釋「首」。我始則不勝惶恐，漸漸地，竟不自量地顧盼自得起來，滿心以為，這頂帽子就如此兢兢業業戴下去了。誰想到，我腦海中的意念卻拒絕合作。它們不管頂上這一套，內容仍不整齊劃一，有的較適合以小說方式表達，有的較適合以敘事、議論、或抒情散文的形態呈現……。

去歲我的第一篇中篇小說完成，有人驚問：「妳不是幽默作家嗎？怎麼寫起小說來了？」其實在中篇小說前，我也寫過一些短篇小說及非幽默散文，只是整體來說，幽默散文在我作品的量中，佔了多數而已。

少數不服從多數時，只能硬頭皮委屈那頂心愛的高帽子，請它暫時「靠邊站」了。

感謝三民書局，為我出版《浮世情懷》，讓我的一些意念得以以〈解頤〉、〈近思〉、及〈小說〉，三種不同的面貌，與讀者見面。

浮世情懷

目次

近思篇

小說篇

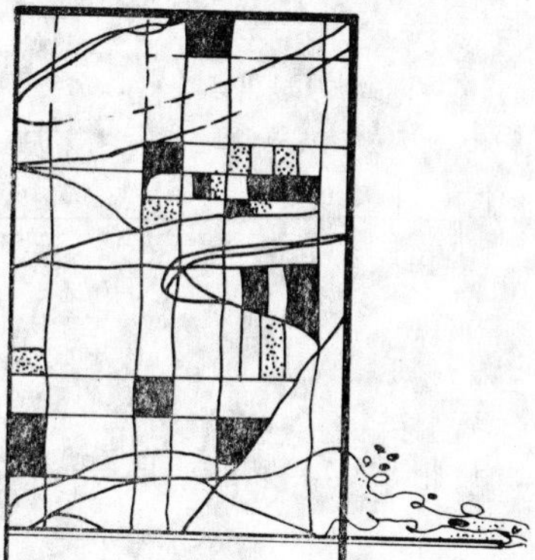

解題篇

與杯同行

賈寶玉曾口出名言：「男人是土做的，女人是水做的。」這句話當然不是信口雌黃。依我之見，那是他多年觀察大觀園內外眾生，歸納而獲的結論，其過程與牛頓見蘋果墜地，因而領悟地心吸力定理，並無二致。

可惜賈寶玉畢竟不是牛頓。現代科學證明他的話只對了一半，不僅女人，連男人都是水做的，人體最大的成份為水份，約佔百分之六十五之多。由於身體不斷消耗水份，欲維持理想的「皮包水」境界，必須不斷補充水份。

這道理我懂。令我費解的是，年輕時活動量大，水份消耗較多，卻不需刻意補充，似乎自食物中攝取一些便綽綽有餘。何以馬齒漸增便不能打馬虎眼了呢？《水滸傳》中，梁山泊好漢大碗喝酒、大塊吃肉；中年以還，我為形勢所迫，竟不得不大碗喝水，小塊吃肉。

數年前的一場急症，醫生鄭重叮嚀，務須嚴格遵行「八杯水主義」，日飲八杯水。稍後另一位醫師更主張水逢「知己」八杯少，十一杯才恰恰好。爲何是十一杯而非十或十二杯？我那時病得正苦，未加深究。

我素無酒量，水量也小。八杯也罷，十一杯也罷，對我而言，都不啻天文數字。反正是從早到晚，一杯一杯又一杯，必須灌溉個不停了。

何況醫師吩咐不得暴飲。換句話說，杯底既不可飼金魚，又不許像周恩來教尼克森喝茅臺那樣仰著脖子乾杯。明明只是白開水，偏須鄭重其事，奉之如瓊漿若玉液，輕啜慢嚥，細細品嚐，口中淡而無味，心中五味雜陳。

喝白水，心嚮往之的卻是鮮芒果汁、龍井、卡普其奴咖啡、巧克力牛乳，我終於明白了「老驥伏櫪，志在千里」的眞實含意。

自從白開水成了我時時不可或缺的濕糧，水杯與我之間便逐漸形成了複雜微妙的關係：既憎它，又不能沒有它。

原有可容八兩的水杯被打入冷宮，代之的是體積大一倍的厚實八角形玻璃杯。日飲四杯便能達到醫生要求八杯標準。再來一杯，只消畫一個正字，便接近十一杯的崇高目標了。

近日方知此舉竟與美國棒球明星貝勒（Yogi Berra）的披薩哲學不謀而合：據說貝先生獨自進餐，點了一面義大利披薩大餅，侍者問要切四或八片，他說：

「還是切四片吧，八片我想我吃不下。」

無論喝四大杯或八小杯，都必須杯不離手，水不離口。實踐時難免發生一些技術方面的困難。

雙手經常「另有任用」，只得委屈水杯「靠邊站」。有回包餃子不忘飲水，喝罷左手捏著餃子，右手放下杯子，心中惦著生死未卜的稿子，不小心，杯子放上了擀麵杖，水淹「金山寺」，大盤包好的餃子泡了湯。

端坐不動可能出狀況，不安於「位」時麻煩也不小，伸手可及的水杯往往下分鐘便極目所不能及。長壽祕訣有「日行三千步」之說。我平時足不出戶，日行只得三百步，其中倒有二百步是爲尋找水杯而走的。

受不了水杯與我捉迷藏，又不能天女散花，使每間屋子東也一杯水，西也水一杯，便只有端著杯子走了。與杯同行，問題也不簡單。

美國人愛取笑他們的前總統福特先生。糗他大學時代擔任足球隊員未戴頭盔，以致腦部受傷，從此一心不能二用，連邊走路邊嚼口香糖都不成。

可嘆我一生未涉足球場，中年後竟與福特先生同病。又自不量力，手持水杯找物件，東西未找著，杯中物卻灑了滿桌滿地。郵票成了汪洋中一葉葉扁舟，圖書館借來的書卽刻老了十年，皺摺倏現。我忙著擦桌抹地，恭請小舟上岸作日光浴，用熨斗為書本行拉皮術。折騰半日，原來要尋找什麼都忘得一乾二淨。

水入愁腸，不由得懷念起也曾與杯同行的年少歲月了。由絢爛歸於平淡，原為人生必經的過程，回顧大半生，入口的飲料竟也具體而微地遵守了此一準則。

五十年代初期的臺北少見可樂、咖啡，喝茶為成人的專利，孩子們則嚮往紅豆湯、綠豆湯，甚至螢橋小店的酸梅湯。有一回在同學家初嚐鮮百香果汁，至今回憶仍感齒頰留香。可以說那是我甚少舉杯的時代，唯一的例外是每日清晨的一杯熱可可。

克難時期物質匱乏，連親戚共十餘口之家，十數人每日共同的早餐是蛋炒飯。一大鍋熱氣騰騰的炒飯，僅象徵性地用二枚鴨蛋，每人飯裡僅見少許蔥末蛋星，在當時已是奢侈。深信早餐重要的母親竟囑咐女傭每日用奶粉及可可粉為我沖泡一杯熱巧克力進補。那是我因體弱多病而獨享的特權專利。

人性就是那麼不可思議。初嚐熱可可，香醇濃郁的滋味難以言喻，漸漸地也就不過爾爾，久而久之竟成了苦事。

我屬「晚起三慌」類型。冬日清晨尤其貪睡，起床遲遲，匆匆收拾便急著趕公車上學。

滾熱的可可急飲燙唇灼舌，慢啜誤時遲到。有時鞋子已穿好，女傭可可尚未調勻，急得我直跺腳。

更多的日子，調可可及喝可可，時間搭配得天衣無縫。臺北同安街的日式平屋，前院約二十呎，我左手拽書包、右手持杯，由飯廳、玄關，而前院，邊飲邊行，步出大門前一飲而盡，餘溫猶存的水杯留置門後即揚長而去。

喝熱可可的歲月已經很遙遠，太遙遠了。

原載民國八十一年八月十六日美國《世界日報・副刊》
及同年十月十七日《聯合報・繽紛版》
（改題「水逢知己八杯少」）

我與庖廚

——失敗為懶惰之母

面對失敗的反應因人而異：有人如浴火鳳凰，自廢墟冉冉昇起，重新奮鬥，終獲非凡成就；有人不堪失敗的打擊，從此一蹶不振；有人不屈不撓，屢敗屢戰，終於——還是失敗。我知道，在廚藝方面，我屬於最後那類。

作家劉靜娟女士自稱發憤圖強她最擅長。想當年，我也曾是發憤圖強的一把好手，尤其攸關民生問題的廚事，更不敢懈怠。不幸做什麼都走樣，魚生粥成了魚腥粥、生煎饅頭成了生煎指頭，痲婆豆腐不痲、魚香肉絲欠香。

有回，醱麵蒸包子，揭開鍋蓋，只見麵皮在前餡在後，形狀像極了一隻隻大蝸牛。事後檢討方知麵皮太軟，未能鎮壓住急於爭取自由的豆沙餡，而形成怪胎。

材料成份不易掌握，時間火候對我也是難以駕馭的藝術。一鍋好湯往往讓爐竈及抹布嚐了新，甚至最簡易的紅燒肉，不是面目全非成焦炭，便是用餐時刻已到，尙不肯就範，不能就飯。

對付硬若花崗岩的紅燒肉我有一套：取少許上桌，安撫家人腸胃，自己則席不暇暖，不斷螞蟻搬家似地餐桌爐竈間穿梭運送。「怎麼又吃完了啦？我再去拿一些。」六七回後，鍋裡剩餘的肉終於煨爛，我拖著疲憊的步伐送上餐桌，三人卻一致搖頭稱飽了。

日常三餐已招架無方，宴客時的焦頭爛額，顧此失彼，就更不用說了。朋友邀宴我因此憂喜參半——那份大快朶頤的喜，被不知將來何以爲報的憂沖淡過半。加以眼見十數道精緻味美的功夫菜，有條不紊，次第上桌。女主人一派從容，面不紅、氣不喘、髮不亂、心不煩、高雅美麗的衣裙不沾一丁點兒油星。廚房明亮整潔，井然有序……光是見賢思齊，又自知齊不了的自慚就夠我受的。

自慚日久，竟於無意間得了新法子。某日兩個孩子不在家，另一半晚間有應酬。他出門前，見我正爲對冰箱裡的剩菜缺乏興趣，晚餐無著落而犯愁，好心勸我說：「那就做個菜吧。」

歸來問我吃了什麼，我沾沾自喜道：「還不就是那些本來不想吃的剩菜！我發現，不須借重烹調，只要多等一會，餓極了，原來難以入口的剩菜自然成了美味。這叫做——清水變雞湯！」

有了「清水變雞湯」的心得，我的膽子便大了起來，（常聽說「藝高膽大」，其實藝低更需要膽大。）我開始琢磨如何償還積欠已久的飯債。決定請客人六時半駕到，準備八時半才讓他們入席，二小時或站或坐，不愁他們不餓火中燒，胃口大開。餓者易爲食，那時我的半把刷子半瓶醋的半吊子手藝或許也能叫座。

忙亂三日，天下初定。客廳中貴賓滿座，談笑風生。我待時針指向「八」字，佳賓們不約而同頻頻看錶，才從容下廚，未想到那時自己也餓得手腳不聽使喚了。定是血糖太低了，否則好端端怎會將宮保蝦仁的調味料打翻在下午精心剁就的鹽水鴨上？我正忙著收拾，驀然回首，油鍋竟已烽火連天。笑語聲浪由客廳陣陣傳來，焦油黑煙自廚房陣陣飄去，我好比唐吉訶德，獨自與風車英勇奮戰……

那時才參透原來墨非定律「凡是能出錯的地方都會出錯。」以及梭羅名言「大多數人類在靜默的絕望中度過殘生。」都是爲我寫的。

（尋常人只懂得同情難爲無米之炊的巧婦，卻想不到難爲有米之炊的拙婦才更悽慘。）於是因藏拙而懶，因懶而更拙，二者互爲因果，惡性循環。到末了，自己也分不清孰爲因、孰爲果了。

更壞的是，懶是家醜，你不願它外揚卻擋它不住。不知何時開始，我的懶竟在朋友間出了名，大家顯然已心照不宣多年，我卻還蒙在鼓裡。直到有人問：「妳女兒寒假回家有沒做好菜給妳吃啊？」這才矍然警覺，我的懶不僅無藥可救，且已到了聲名狼藉的地步。

朋友的問題極爲巧妙，屬於美國人所謂「打太太問題」類型。問者關心的探詢，「您現在不打太太了吧？」醉翁之意不在酒，不在獲知問題答案，而在闡揚你打太太的罪狀，叫你進退兩難。

你若回答「是」，無異承認過去經常打太太，只是目前暫停而已。若答以「否」，那就更糟了，原來你到如今還在打太太呀！正是「豬八戒照鏡子，兩面不是人」。

換句話說，無論女兒回家有無做好菜給我吃，我這做媽媽的懶已成無可抵賴的罪狀，跳進黃河也洗不清了。

其實我的懶對朋友的害處畢竟不大，對家人的爲害才是嚴重多多。家人中談我的懶而色變的首推母親。

母親與我多年受太平洋阻隔。她老人家雖已於數年前遷居美國，兩地間仍有十小時的車程，因此聚少離多。每回聚首，她總不忘重提因我的懶而造成的不堪回首的往事。

那年我們旅居灣區，母親來美小住。某日我下廚作蛋炒飯，發覺冰箱裡的剩飯似嫌勢孤力單，挑不起蛋炒飯的大樑。

我天性大而化之，缺乏深謀遠慮之才，尤其不喜爲三餐未雨綢繆。一家子饑腸轆轆時，發現剩飯或剩菜不夠，乃兵家常事，頗能處變不驚。當卽開啓冰櫃，打算用冰凍豌豆加強陣容。

不料冰凍豌豆遍覓不著，大約早已另有借重用完了。這也難不倒我，我立刻動手切麵包。

各位讀者須知，那麵包非比尋常，乃灣區大名鼎鼎的酸麵包，卽以酸麵團自然發酵的麵包。殼脆心韌，切丁後以熱油炒之，酥黃香脆。加入蛋炒飯，別有風味。

美國的生菜沙拉，講究綴數粒香脆烤麵包丁，加強口感；法國名菜洋葱湯，亦見金黃脆薄的烤麵包片飄浮其上。我認爲，我別出心裁的蛋炒飯加麵包丁，也有異曲同工之妙。

別的不敢說，我對利用「他山之石」素有心得。超級市場熟食部的薄片烤牛肉，只消拌以醬油、麻油及葱花，便儼然中式佳餚。蛋炒飯加麵包丁也是我的得意傑作。我美其名曰：西學爲體，中學爲用。或曰：化腐朽爲神奇。

母親卻不捧場。不僅不捧場，在得知我的意圖後，竟嚇得頭與雙手一同搖，鄭重向我宣告：

「這種蛋炒飯我是不吃的！這叫什麼呀？麵包和飯混在一起，簡直是餵豬的嘛！」

想到「豬食」幾乎上了餐桌，母親不寒而慄，面容都變了顏色。

我力挽狂瀾：「不要說得那麼難聽嘛，您嚐一口就知道，實在不難吃。兩個孩子挺愛吃的哪！」

滿心以為擡出外孫做救兵，便能使母親回心轉意，卻被她嗤之以鼻：「小孩子懂什麼？他們從小吃慣了妳做的這些污七八糟的東西當然以為好，我是絕對不吃的！」

她寧餓毋濫，從容就饑，蛋炒飯加麵包丁之舉遂作罷議。

母親是道地的美食家，為了菜餚口味純正精美，多花些時間精力是在所不惜的。經她調教過的女傭個個燒得一手好菜，能作鮮美絕倫的金銀肘與入口卽化的獅子頭。只有冥頑不靈的我，孺女不可教，老想打馬虎眼，總要逼得她祭出五字眞言：「否則不好吃」，才俯首貼耳，乖乖就範。那回作蛋炒飯，五字眞言都不管用，必須以罷食抗議，怎怪她印象深刻，不忘舊事重提呢？

俗語說：「萬惡淫為首。」我相信，懶在萬惡的排行榜上地位肯定也不低。又有人說，金錢是罪惡的根源。依我看，懶惰也是罪惡的根源。懶使我幾乎陷母親於「在陳絕糧」的困境，使我的一生充滿罪惡感，而無力自拔。

我很早便發現，廚下的事是永遠做不完的，且時間愈充裕，該做的事也愈多。六時晚餐，四點或五點開始準備，其結果都是至遲六時三十分，盤底一律朝天。自從有了這項發現，我便痛下決心，不到最後關頭決不下廚。

而眼見兩個正在成長的孩子將我在竈前的辛苦成果，一掃而空，我面容洋溢的不是母性的慈暉，我心中的感覺不是欣慰，腦子裡思索的不是如何再創佳績，好讓他們大快朵頤，而是強自按捺大吼一聲的衝動：「不許再吃啦！沒有剩菜，下頓我又要從頭做起啦！」

至於另一半，他好吃，我懶做。我口上怪他娶妻不愼，內心不免滿懷歉疚。直到數年前遊灣區，承昔日同窗莊因學長邀宴，獲知：據深諳相理人士稱，學長口上之痣乃有口福之徵。而學嫂夏美麗女士果然既美且慧，廚藝精湛超群，有口皆碑。這才恍然大悟，另一半之無口福，乃由於口上無痣，可說命中注定，怨不得我也。

罪惡感雖因之消除部分，懶之爲害卻不止於此。懶如爲學，永無止境，且後患無窮：兩個孩子自幼飽受懶的薰陶，竟青出於藍，將其發揚光大，推廣於生活各方面。

記得兒子就讀小學一年級時，某日清晨睡眼矇矓，將長褲穿倒了，拉鍊在後。囑他改正，他懶得照辦，竟笑嘻嘻安慰我說：

「沒關係，我上學倒著走好啦！」

大事不妙，我的懶已禍延子孫了。

原載民國八十一年十一月十七日《中央日報・副刊》
翌年二月二十六日美國《國際日報・副刊》轉載

妻子眼裡出「西施」？

「昨天收到的《時代》雜誌在哪裡？」晚餐後另一半問。

我才坐下讀副刊，實在捨不得停，便頭也不擡地答道：「在餐廳的長桌上。」

副刊未讀兩行，已聞老爺「叭達、叭達」的腳步聲往回走。那腳步聲似乎比平時響了一些、重了幾分。果然，語聲也帶著怒氣：「妳說在桌上，根本不在！我不看了！」摔下這話，他便衝向電視間看電視去了。

喲，今天火氣不小呀！自己有眼無珠，找不到雜誌，卻向我發脾氣。我的火氣也來了，不看活該！我繼續端坐讀報。

翌晨經過餐廳，雜誌果然在餐桌右端，四週並無阻礙視線的雜物，唯一使它目標不甚顯著的是封面朝下，居然有人因此便找不到了。

我竟因此聯想到不久前的共和黨大會。

今年美國大選，共和黨大會破天荒地讓總統及副總統候選人的夫人發表演說。兩位夫人中白髮皤皤的布希夫人富親和力，形象極佳，民意調查顯示，美國民眾愛戴她的竟較愛戴總統的人數多了一倍。布希總統在聲望屢屢受挫於民主黨候選人柯林頓時，夫人的這張王牌當然是非用不可的。

而第一夫人的演說也的確不負眾望。尤其是末了，把她共同生活了數十年的老伴形容的「此君只應天上有，人間那得幾回見」的長句，眞是擲地有聲。

俗語說：「丈母娘看女婿，越看越有趣。」芭芭拉·布希也是做丈母娘的人了，卻在全國民眾前上演「丈母娘看丈人，越看越有趣」的喜劇，也算是今年美國大選的一樁盛事了。

我因此想，世間的優點美德都讓總統先生一人包辦了，難怪老百姓家找不到啦。

尋思間，無巧不成書，忽見早報轉載「老拗口」(Mike Royko)先生的專欄，題材竟正是第一夫人大捧第一先生之事。

「老拗口」先生爲《芝加哥論壇報》首座，也是全美極負盛名的專欄作家。他說他恭聽總統夫人演說後，忍不住向自己的白臉婆探問：「夫人啊！妳對我的意見如何？」(此語若用京劇道白說，效果應更佳。)

夫人說：「你問這話是什麼意思？」

「呃……」（實在有些難以啓口，又不得不說。）「芭芭拉•布希剛才在大會上當眾讚美她的先生，她說，我現在一字不改引用原句：『他是我認識的男士中最堅強、最正經可敬、最富關懷愛心、最明智、同時也是身體最健康的。』」

「老」夫人不動聲色，「她說的這句話我也聽到了。」

「對呀！一位太太這樣稱讚她的丈夫可眞夠意思！所以我有點好奇妳會怎麼說我。」

她考慮須臾，答道：「我猜想我會說你還算愛乾淨。」

沈默了一大陣，「老」先生憋不住了，「只是還算愛乾淨？」

夫人蹙眉苦思半晌，說：「夜裡我只須輕輕推你一下，你就停止打鼾了。」

忽然她面容開朗，「哦，我差點忘了，每回你不得不下廚時，菜總燒得不壞，讓我很驚奇。」

「這就是我全部的優點啦？我就沒有任何高尙品德値得一提的啊？」「老」先生幾乎要呼天搶地喊寃了。

滿心以爲還能逼出幾句好聽話來，不料夫人顧左右而言他問：「你想喝些什麼？我去廚房看看。」便走開了。

爲「老」先生設身處地，眞難怪他氣結。他辛苦將太太追到手、娶進門、養她數十年，沒有功勞也有苦勞，難得請她說一說良人的優點，她什麼不好說，爲何偏挑些不痛不癢的話損人呢？

「老」先生又氣又不服氣，希望知道別的女士們對她們的另一半觀感如何，是否也像芭芭拉看喬治那樣，說他們最堅強、最正經、最關懷、最明智、又最健康，只有他自己最窩囊，被太太糗呢？

於是他向多位已婚女性進行一項簡短、且非正式的調查，所獲答案如下：

「他從不打我，賺的錢夠花，不酒不賭，每天洗澡，按時剪腳趾甲。他的個性呆板無趣，心腸卻不壞，也肯容忍我的缺點。」

「我已一個月沒見他醉酒，再一個月就打破紀錄了。」

「他實在很可愛，但是我最恨他夜裡搶被。這毛病叫我簡直不能忍受。還有他心情不好時愛拿狗出氣，不許牠在我們床上睡。」

「男人大概都是這副德性。說洗碗就只洗碗，既不抹乾收起來，也不清理灶頭和櫃臺。廚房還是一團糟。不過他調的酒，味道眞是一級棒。」

「他的高爾夫打得好。我對這一竅不通，我只是猜想他打得好——花了半輩子時間練習，還能打不好嗎？假如他肯花同樣精力在工作上，就不會多年庸庸碌碌，不能出人頭地了。」

「我認爲他最好的品性是不浪費他的智力收看許多無聊電視節目。每晚他坐下看電視，十分鐘內就呼呼大睡，一晚上就這麼睡掉了。說實在的，這位仁兄缺乏情趣，可是他至少不泡酒吧，我想是酒吧的高凳子上沒法打瞌睡的緣故吧。」

「他很忠實，從來不看別的女人。或許是因爲結婚時我曾警告他，如果看別的女人，我會乘他睡熟，將冰鑽自肋骨間直刺他的心臟。還有，他穿得很體面，因爲他的衣服都是我選的，否則他會穿得像街上那些無家可歸的流浪漢。」

「他把草地維護得很好。」

「是呀，我也聽了芭芭拉·布希的演說。我的老公也是我認識男人中最富關懷愛心的，他愛所有球隊，所有電視球賽、角力、釣魚等該死的運動節目。他身材高大，可是我沒法說他是我認識男人中最強壯的(布希夫人所稱 strongest，可作堅強，亦可作體魄強壯解)，因爲我從未見他舉過比啤酒罐或電視遙控器更重的物件。」

「他對我的貓不壞。我知道他不愛貓，只是爲了討我歡心，可見他人很好很富愛心。但是我又想不通爲什麼貓不喜歡他，是不是他背地對貓不好呢？這就是婚姻問題所在了，我們對對方究竟能了解多少？」

聽了這許多女士發抒她們對丈夫的意見，「老」先生說他不再爲自己只是個還不太髒、易止打鼾、燒菜尚可的先生而感委屈了。因爲這位專欄作家已豁然貫通：要太太說像芭芭拉說喬治那樣的好話，只有一個法子：

當總統候選人，還得在民意調查中比對手落後二十個百分點。

「老」先生此語眞是一針見血，仔細想來，芭芭拉・布希那句話字字暗藏玄機：許多美國人不滿布希波斯灣戰事功虧一簣，留下沙達姆・海珊這大後患。夫人說他最堅強。雜誌小報盛傳布希多段婚外情，電視記者面詢總統，卻被斥爲問題卑劣，避不作答。夫人出面說他最正經可敬。美國經濟衰退，失業及貧富不均問題嚴重，民怨甚深，認布希一味保持現狀。夫人說他最富關懷愛心。輿論認爲布希資質平平，四年前全仗好友裴克作軍師，才進了白宮。這回一敗塗地，又不得不將裴克由國務卿的重任調回主持競選。夫人卻說布希最明智。極大多數美國人最怕布希若有不測，繡花枕頭的副總統奎爾繼任，那一陣民間盛傳布希健康不佳。夫人又說他最健康，爲他闢謠。

拜讀了「老」先生的專欄我也恍然大悟：原來做尋常老百姓也有好處——有說實話的自由，不用在全國電視上作違心之論。任何人問我，我可坦然相告：「我的丈夫是我認識的男士中最不會找東西，又最沒耐性的。」

兩樁特性都不光彩，我卻掩報而笑了。

23・妻子眼裡出「西施」？

原載民國八十一年十月十八日美國《世界日報・副刊》
及同年同月二十八日《聯合報・繽紛版》
（改題「芭芭拉看布布，愈看愈有趣」）

愛在一起的一家子

《時代》雜誌報導，著名滾石搖滾樂團樂手，比爾・懷曼的三十歲大少爺史提芬，將要結束單身生活，步上紅毯做新郎了。

男大當婚，女大當嫁，不是什麼新聞，西洋娛樂界人士結婚或離婚，更是家常便飯，不足爲奇。在這風雲際會的時代，名人及半名人（如他們的親友），多如過江之鯽，《時代》雜誌若一一報導他們的婚姻，只怕將雜誌加厚三倍都不夠。

史提芬・懷曼的婚姻新聞，以及懷曼父子併肩而坐的二寸見方相片，卻上了雜誌的風雲人物版，撰寫新聞的記者還幸災樂禍說，小懷曼如有先見之明，透過徵婚啓事尋求他的窈窕淑女，就不需要浪費下半輩子解釋他的婚姻關係了。

欲解釋小懷曼的婚姻關係，須從老懷曼的婚姻史說起。

老懷曼的婚姻，不言可知，錯綜複雜，是筆糊塗帳。值得一提的是，現年五十六的老懷曼，有位如今才芳齡二十二的前妻，曼蒂・史密斯。二人何時、為何由歡喜而成冤家，《時代》雜誌未提，局外人也難以考證，只知老懷曼與較他年輕三十四歲的嬌妻雖然分了手，小懷曼卻與前繼母的母親，也就是他的前繼外婆，來了電，二人計劃共結連理，共效于飛了。

小懷曼找對象捨遠求近，心比天高不打緊，在輩份上，卻造成糾纏不清的局面。他將連跳二級，不久的未來，搖身一變，變成他以往的繼母的繼父，為「此一時、彼一時」、「十年河東、十年河西」這兩句中國老話，增添更豐富，更上一層樓的嶄新涵義。

替小懷曼想想，外婆變老婆固然春風得意，發生後遺症的可能也真不少，尋常人情話綿綿，情不自禁時，可以任意說傻話，他們倆得三思而言，準新郎不能冒出一句「外婆、外婆，我愛妳！」而女方如果說溜嘴，喃喃細語「我好疼你」，或「我把你寵壞了」，他聽了也不是滋味。

婚後，「小」兩口子從此過著幸福的生活當然很好，一旦鬥起嘴來，就熱鬧了：「我如果騙妳，就是妳的孫子！」「妳怎麼教訓我像罵孫子似地？（我的媽喲，又說錯話嘍！）」

他還叫「媽」？他叫「媽」的日子已一去不返了，當初他叫「媽」的人，現在該反過來叫他「爸爸」啦。

唯一的好處，就是他的老子對他得有三分顧忌，不敢自討沒趣，惹出一番不中聽的話：

「你有什麼好神氣的，你？你要不是離婚手續辦得快，還趕得上喊我一聲爹哪。」

而老懷曼呢？除了在兒子面前不怎麼擡得起頭來，其他地方倒也不吃虧。父以子貴，他老人家也將連升二級，當年他敬煙敬酒，人前人後奉承的丈母娘，現在得穿小鞋，向他低頭，學做兒媳婦。

而他與曼蒂·史密斯的離異，如果是好聚好散，他的前妻既然已經降格成繼孫女，他必須把以往的輕憐蜜愛，化成滿腔慈愛。如果是不歡而散，就成了冤家路窄，做爺爺的可有的是借題發揮的機會。

準新郎父子及準新娘母女也許正忙著籌備婚禮，對現實及未來種種，未曾公開發表意見。

《時代》雜誌的報導雖極簡短，卻不忘藉標題揶揄一番：「愛在一起的一家子」。

從這愛在一起的一家子，我不由得聯想到另一愛在一起的一家子，即美國名導演伍迪·艾倫及其前愛人影星蜜亞·法蘿是也。

這大名鼎鼎的一對，雖未經請吃喜酒這一道如今似乎已可有可無的手續，「在一起」已有十二個年頭了，兩人一導一演，或一導共演，紅花綠葉，相得益彰。私生活方面，雖各住各的，彼此的公寓隔著曼哈坦的中央公園，遙遙相望，卻也相處甚得。

蜜亞·法蘿與伍廸·艾倫「在一起」前，有兩次婚姻，育有三個孩子，並曾領養了四、五個，與艾倫「在一起」後，合作演戲、照顧眾多孩子、紐約的公寓、及康州的房子，雖雇了多人，也夠忙的了。但是她對於生孩子及領養孩子，顯然採取多多益善的政策，永遠沒有恰恰好的時候。

伍廸·艾倫雖亦有兩次婚姻的紀錄，並曾與另一影星「在一起」多年，卻從未當過爸爸。蜜亞煞不住車，明明已經兒滿爲患，還一個接一個地往家裡抱（親及養子女去歲已打破十一名的紀錄），他耳濡目染，也勾起了養兒育女的興致，或者可以說，他的慈父之心，油然而生，從中認養了男女各一。五年前，蜜亞一不做二不休，又爲伍廸生了個兒子薩修，兩人「組織」了三個孩子的「家庭」。

不料在外人看來情勢一片大好中，情海生波，伍廸變了心。

男女雙方，不論那一方移情別戀，都是深深傷害對方的事，伍廸的變心更叫蜜亞傷心氣憤，甚至深惡痛絕的是，伍廸和小懷曼一般，也是篤信「肥水不落外人田」的人物，堅持「就地取材」。唯一的分別是，小懷曼往上「取材」，看上了父親的前岳母，伍廸往下「取材」，愛上了孩子的媽的韓裔養女，二十一歲的大學生頌儀，並揚言將娶她爲妻。

換句話說，托他的「福」，蜜亞的地位即將由他孩子的媽，一躍而爲他的丈母娘，長他一輩了。蜜亞卻不領情，指伍廸「道德如隨風翻轉的滾草」，甚至控告他對二人的七歲養女狄倫施行性虐待。伍廸除否認蜜亞的控訴外，並反唇相譏，稱蜜亞爲「歇斯底里的醋罈子」。二人爲三個孩子的監護權，對簿法庭。

如今法官如何裁決，尚在未可知之天。不論伍廸是否勝訴，他如與較他年輕三十歲的頌儀成婚，他和準岳母的三個孩子即將面對「長姐『是』母」的難題，即使兩人只「在一起」，孩子，尤其是現年十五歲，正值發育期的摩塞斯，見父親與姐姐同床共枕，心理亦將難以調適。

但願我是杞人憂天，我還有個原因爲父姐聯床的情況犯愁：他倆如有了愛情結晶，該稱那三個孩子哥哥姐姐，還是舅舅姨媽呢？而對蜜亞來說，兒子的弟弟或妹妹卻可能叫她外婆。

去歲風波初起時，伍廸．艾倫於《時代》雜誌的專訪中振振有辭說：「愛情是不可理喻的，兩人相識，墜入愛河，就那麼簡單。」

也許，可惜接踵而來的問題，就不簡單了。

「愛」在一起的一家子，竟成了後遺症無窮，「恨」在一起的兩家子。伍廸與蜜亞的鬧劇，看來不可能大團圓收場，我們還是寄望小懷曼和他的外婆老婆婚姻幸福，千萬免生貴子吧。

原載民國八十二年五月十三日美國《世界日報・副刊》
及同年同月十六日《新生報・副刊》

文友・室友

——女作家會串小記

話說不才如我，做事老是慢三拍。一九九二年的新年早已不那麼新了，我才後知後覺，忽生奇想，仿效報紙雜誌及電臺歲暮刊播年度十大新聞的成例，思考一九九一年個人生活中的一些大事，便於有過檢討反省，無過反芻回味。

這才發覺，去歲個人生活中，令我至今印象深刻的大事之一是文友成室友。說得聳人聽聞些，是與文友「同居」。

我不敢掠美，用「同居」二字形容與文友同屋或同室而居，始自喻麗清。八九年七月第一屆海外華文女作家聯誼會在加州柏克萊陳若曦府上召開大會時，籌備人之一的麗清委屈其另一半下榻地下室，樓上權充「女生宿舍」，招待琦君、簡宛及吳玲瑤。事後麗清曾爲文述及與三位「同居」事實。去歲五月，北美華文作家協會於紐約召開成立大會，她又一不做二不休，與簡宛再度實行「同居」。

老實說，第一回見她運用「同居」字眼，眞有驚心動魄之感。更可驚的是，第二回她口口聲聲與簡宛「同居」，我竟已習慣了。何況那回我自己也下了海，與我景仰多年，相知數載的作家琦君女士共居一室。

禮貌的「拉鋸戰」

琦君女士爲人最謙和親切，對晚輩的愛護體恤更是無微不至。我們同室而居，我如沐春風之餘，怎敢客氣當福氣？禮讓前輩是我的心意，也是我的本份。二日二夜的「同居」生活中，無論是打電話或用浴室，二人往往因此展開禮貌的「拉鋸戰」，堅持「妳先請」。而最後大半是我恭敬不如從命，舉手投降。簡宛得知此一情節，曾戲稱我們是「相敬如賓」。

大會的議程及相關活動極爲緊湊，忙碌竟日，我們一群女文友又接連二晚聚集在簡宛及麗清房中挑燈夜談。只因寫作是我們共同的愛好，談起寫作，大家都有說不完的話語急待傾吐，每晚聊得欲罷不能。

在座的文友中琦君年最長，但得天獨厚，精神體力絕不後人。其餘各位亦不弱。夜短話長，眼見她們精神奕奕，談笑風生，我卻如被仙女魔棒點化的灰姑娘辛德蕾拉，子時來臨，馬車還原爲南瓜，玻璃舞鞋亦丟失了，只得狼狽退席，掃了眾人的清興。回房後匆匆就寢，亦失去了請益及促膝談心的大好良機，至今想來仍覺遺憾。

睡仙

大會訂於週日中午閉幕。週日早餐時發現許多文友都計劃於午餐後離去，我的「同居人」也因此動了歸心。只剩下玲瑤與我買的是翌日的機票，有家歸不得。二人同遭「遺棄」，同病相憐，決心相依爲命。早餐完畢我便匆匆收拾行囊，遷往她屋，準備接替她的室友張鳳，與玲瑤作一晚的「同居」。

那日下午承熱情的讀者鄭啓恭女士帶引我們觀光法拉盛市區，並赴她府上略作休息，得以結識她的另一半，都市交通規劃專家鄭向元博士。晚間又蒙北美華文作協會長陳裕清先生伉儷賜宴，席間並有葉廣海、姜筑伉儷及鄭先生伉儷。返回旅舍已夜間九時。

玲瑤於大會前曾有臺北之行，返美即馬不停蹄，兼程趕赴紐約與會，連日的辛勞加上時差，實在倦極。進屋漱洗後，頭一落枕，立時入眠。

我亦已透支體力三日，本不敢作聯床夜話之想。草草漱洗上床，卻因連日興奮過度，白日的人與事在腦中如走馬燈般旋個不停，難以入睡。黑夜中我輾轉反側，衷心豔羨「新同居人」倒頭便睡的本領，數小時後方矇矓盹去。

翌晨醒來已近九時。窗幃深掩的屋子黝黑一片，鄰床的玲瑤好夢仍酣。我悄悄起身入浴室，深恐水聲驚醒「同居人」，將淋浴水量調至最低。梳洗穿戴既畢，我躡手躡足步出浴室。只見窗幃深掩的屋子黝黑一片，床上的玲瑤好夢仍酣。

黑暗中我摸索寫了留條，告知我將下樓早餐，她起身後請往旅館餐廳相會。餐廳窗外「貴如油」的春雨那日早晨正以大賤賣的姿態潑灑著。我好整以暇地享用早餐、欣賞雨景，等待玲瑤，不覺一小時已逝，仍不見芳蹤。

上樓輕輕推開房門，窗幃深掩的屋子黝黑一片，床上的玲瑤好夢仍酣。

我不敢驚動，將字條扔入紙簍，爲她點的熱咖啡留在桌上，又悄悄掩門下樓。

旅舍大廳中我打了一通電話，閱罷二份早報。擡眼，壁鐘已指向十二點，又起身上樓。推開房門——各位猜得不錯——窗幃深掩的屋子黝黑一片，床上的玲瑤好夢仍酣。

還有十五分鐘，廣海及姜筑即將載我們上機場了，我只得硬起心腸，喚醒玲瑤。

「同居人」醒來容光煥發，人見人愛的娃娃臉蘋果般的笑靨展現。總計她整整睡了十五小時，從此在我心目中留下不可磨滅的睡仙形象。

夜半歌聲

十月中旬，海外華文女作家聯誼會在洛杉磯西來寺召開第二居大會。琦君有夫婿李唐基先生護駕，與我協議「同居」的是韓秀。

可以說，與韓秀「同居」，既救了我的命，又幾乎要了我的命。

週五那日我清晨整裝出發，經近十小時的候機、換機及飛行，抵達洛城機場。承蓬丹女士接機，與眾文友，包括前「同居人」琦君及玲瑤，歡聚會合後又蒙女作家之友周愚先生駕車，一行人浩浩蕩蕩，於下午六時抵達西來寺。

由於三小時的時差，洛城的六時爲東部時間九時。依我的體力及正常活動量，已早該譜出一日的休止符了。豈料在大會來說，卻是密鑼緊鼓的開始。

我們顧不得與舊雨新知相逢的興奮，下車即上桌——享受西來寺豐盛的素筵。下了餐桌又直奔會議桌。九時下了會議桌再奔朝山會館的註冊桌補辦報到手續。

感謝細心體貼的新「同居人」韓秀，於下午報到時，深知我此時將是「弱」弩之末，竟已覓得了朝山會館一樓的客房。不僅距會場較近，較許多文友棲身的另一會館少翻一大山坡，且不用登樓。

韓秀所料不差。我的辛德蕾拉舊疾不懂得西部時間及大會議程，不識時務地於東部老時間前來報到。馬車還原爲南瓜，玻璃舞鞋丟失，舉步維艱。更不堪的是，手中行囊成了大堆沈甸甸的磚塊。又得韓秀及時助我一臂之力，救命之恩，至今銘感於心。然而凡事有其利必有其弊。與韓秀「同居」之弊是她擅於招蜂引蝶，引來了寫《蝶蝴之戀》的戴文采。

韓秀與文采結識於那日午後，二人相見恨晚，自此形影不離。晚間註册手續完畢，二座會館每間客房不約而同上演「文友大串聯」，妳來我往，好不熱鬧。好不容易夜闌人靜，我們這屋子三人仍高談闊論，雅興不減。轉眼子夜來臨，文采仍神采飛揚，闡述偉大的頭腦爲何是半陰半陽。偉大的頭腦如何我不得而知，我所能確知的是，我這渺小的身體已經是半死半活了。

文采依依不捨而別，我們匆匆就寢，已是東部時間淸晨四時。

週六繼一整日會議，晚間眾文友又與高采烈在我們臥室對門的客廳舉行睡衣大會。如此盛會，豈可錯過？捨命參加，勢在必然。我乃老謀深算，先漱洗，後與會，會畢好立刻上牀休息。

未料陳若曦會長一聲令下，盛會於子時準時解散後，我回房正擬倒也，倒也，一頭栽入黑甜鄉，忽聞浴室傳出「同居人」的美妙歌聲，頓時睡意暫消，咬牙恨道：

「這韓秀也未免太不夠意思了！剛才大會上文采慫恿她高歌一曲助興，她執意不從，我還以為她眞不會唱呢。如今夜半無人，她卻獨自在浴室裡唱得有腔有調，有板有眼。這不是存心浪費好歌好嗓子嗎？」

一念之仁，我出門召集了無意休息，正在各處「流竄」的「散兵游勇」，計文采、王克難及白狄兒三名，共同欣賞。

一曲既終，我們在浴室門外熱烈鼓掌。韓秀出得門來，心知難以推辭，遂應聽眾熱烈要求，又高歌三曲。

說來慚愧，那三首究竟是什麼歌曲，我至今印象全無，無可奉告。那時她如唱國歌我無法起立，唱歌劇我不會有興緻喊「安可」。我的辛德蕾拉症已進入嚴重的第三期，見山不是山，聽歌不是歌，而是阻礙安眠的利器。她那廂儘管唱得婉轉盡致，我這裡只顧著心中暗嘆：「苦也，苦也。都怪自己一念之差，服膺孟老夫子『獨樂樂不若與眾』的古訓，招了這批夜貓子進門，今晚又沒覺睡了！」

果然，三曲唱罷，氣氛愈趨熱烈，睡衣大會有在此召開分會鬧通宵之勢。我一瞥腕表，可了不得，又已清晨一時。一時挺牀的力氣俱無，只能啞聲懇求：「再不睡，我就要送命了，請各位高擡貴『口』，移駕他處吧！」

四人方匆匆熄燈掩門，共同翻山坡去另一會館串聯去了。

週日起身只覺腦袋如塞滿稻草，行動則如夢遊。好不容易熬至午後三時大會結束，蒙西來大學籌備人張幼珠博士駕車相送，往洛城「西林」區投奔女兒去也。

（想當年大禹治水，三過家門而不入，我亦大義「蔑」親，洛城三日，未與女兒通音信。）

踏足她家，數日來支撐我的一股勁兒全失，頓覺渾身骨架鬆散，只剩一絲游氣。女兒見狀大驚，我不免有氣無力，將三日來的活動向她做一「簡報」，只見她聽了張口咋舌，搖頭皺眉，半晌正色向我說：

「媽媽，妳也未免太不知保重了！每天一點睡，是東部時間清晨四點，不是玩命嗎？連我這年紀都吃不消，妳以前是怎麼教導我們來的？」

與文友「同居」，竟落得生平首次挨女兒訓話，訓得我垂首低眉，啞口無言。

是爲記。

原載民國八十一年三月十四日《新生報・副刊》
及同年二月十九及二十日《世界日報・副刊》

以談會友

——側記北卡之行

駕車啓程赴北卡羅拉那州參加作家簡宛女士主辦的書友會座談時，我已下定決心，事後不提筆爲文。原因是我已立志改過，今後寫作不再涉及文友。所以如此痛下決心，當然是因爲近日闖了個不大不小的禍：〈文友・室友〉蒙〈新副〉刊載，三位文友與我「同居」（借用喻麗清語）事實曝了光，我隨即遭受了文中所述「夜半無人淋浴時」一大展歌喉的那位的嚴正批判（受了教訓，這回不敢再提名道姓了）：

「妳的那篇文章糟糕得一塌胡塗！」

電話中我被她嚇得語無倫次，跟著喊糟糕。「糟糕，這簡直太糟糕了！」

事後方知，三人中唯有她對該文頗有微詞。一位是藹藹長者，讀罷莞爾一笑曰：「很有趣。」文中被封「睡仙」的一位慷慨向我說，「很傳神、很精彩，妳儘管寫。」擺不平的是唱歌的那位。她閤府將於今夏離美赴臺，居留高雄三載，有了「獻唱」的「前科」，回臺灣卡拉OK的場合便「在數難逃」，可能造成「嚴重後遺症」。

無惡可供我隱，爲她揚善居然出了問題。她不怪自己交友不愼，卻怨我文章「水份太多」。我提醒她說，她是在淋浴時引吭高歌的，水份還少得了嗎？

話說回來，好端端的「同居人」，因我之故成了「受害人」，我嘴上雖保持強硬，心中難免內疚。素知文友周腓力在名片上公然自承爲「出賣小說的人」，吳玲瑤亦醞釀著自稱「出賣私生活的人」，我想今後我只能步他們二位的後塵，不打自招，稱自己爲「出賣室友的人」，以示知過了。

「以知過能改」自勉之餘，我又粗中有細，顧慮到自己「一下筆成千古恨」，因之聲名狼藉，北卡盛會時與三位「前同居人」相聚，「舊夢重溫」恐無可能，特自備「同居人」而往。抵達後又不忘向唱歌的那位信誓旦旦，保證今後金盆洗手，重新做人。

未料惡習一旦養成，戒除還眞不易。歸來回憶北卡的歡樂時光，不覺腦力開始激盪，決心於焉動搖。天人交戰二週，得知簡宛因工作繁忙，無暇提筆。她不寫，我的手更癢，終於鼓足勇氣背叛誓言，明知故犯，再度「玩火」。

北卡的盛會經簡宛及書友會多位大將的合作無間，辛勞籌備，首先由琦君女士飛抵洛麗市揭開序幕。接著韓秀、玲瑤、思果先生及我，分陸空四路於週五陸續抵達。拉得一手好胡琴的作家張天心先生則應北卡名票友鄒華愛秀女士之邀，於週六攜琴而至，參與座談。

簡宛與她的另一半石家興教授一向愛朋友，府上經常高朋滿座，賓至如歸，那二日石府更成了我們聚會的大本營。週五晚間簡宛及書友會的大將們準備了精美豐盛的自助餐宴招待，吃得人人慈眉善目。

北卡三角地區端的是地靈人傑。那晚的男女主人們不僅事業各有成就，廚藝毫不含糊，更是演唱菁英。餐後由鄒夫人領先拋玉引玉，眾多餘興節目使我們繼飽享口福後，又得飽享耳福。客人中自然不乏能歌善唱者，亦投桃報李一番。爲了防患於未然，姓名在此一概恕不公佈。

必須冒險一提的是位北卡名教授。此人在生物學界頭角崢嶸，爲人風趣善談，寫得一手好文章，擁有一位美麗高雅、文名卓著的夫人。這種種我早有所聞，卻不知其歌喉更是出類拔萃，被思果先生譽爲「千萬人不得一」。

思果先生所言不虛。此教授音色渾厚自然，極富磁性，歌聲魅力無窮，令我那位出口成「唱」的「前同居人士」甘拜下風，封其爲「歌王」。身爲歌劇發燒友的我則暗忖：如此歌喉，配合其俊逸英挺的外型，如唱歌劇定成萬萬人著迷的巨星。乃尊其爲「萬萬人迷」，簡稱「萬先生」。

「歌王」「萬先生」受封微笑不語，未置可否。只是我注意到，從此我們稱其「某」教授，他往往充耳不聞，若輕呼「歌王」或「萬先生」則有求必應。

週六午後的書友會座談由簡宛主持，北卡州大中國同學會負責場地，學生活動中心四樓的「藍廳」座無虛席。三角地區華裔僅千，竟有近百人與會。我們相繼致詞後，聽眾發問踴躍，臺上臺下交流熱烈。

猶記八年前不知天高地厚，開始專業寫作，常有閉門造車、自說自話之感。作品究竟有無讀者？讀者爲何許人也？有何反應？一概茫然。

逐漸地，通過來信，少數讀者成了讀友。近年來有幸以談會友，參加座談會與文友聚首，也結識更多讀友，使我深深感覺，報上相見，不僅文友之間，讀者與作者間形體縱相距數千哩，心靈亦因之交會相通。

身居異鄉，以母語寫作向國內投稿，發抒的是遊子的孺慕之情，一份對家國的眞誠向心力。近年來海外寫作人數日眾，藝文活動（包括北卡書友會座談）亦漸趨頻繁，也正顯示了這份海外華人的向心力。

三小時轉瞬卽逝，座談會圓滿結束。我們就近參觀了畫家劉瑪玲女士的藝廊暨禮品店後，書友會又假餐館設宴款待，餐後精采演唱，令我們再度飽享口福與耳福。

結識讀友固然令人振奮，座談會上拋頭露面畢竟不輕鬆。席終人散，我們重返石府，心情方逐漸鬆弛。

早知玲瑤有二快：一快是才思敏捷，眨眼成章；二快是發言迅速，吐字如飛。可稱快人快語。那晚在石府我又領教了她的第三快，且深受其利：十指齊運，風馳電掣，可稱快手。她路遠迢迢自加州携來香噴噴自製炒麵茶、兩大塊「吳記」椰子飄香，入口即化的糯米蛋糕及整套做糍糬材料。與簡宛合作，不到十分鐘，大批豆沙及花生糍糬「出籠」。我們早已酒醉飯飽，見美味又捨不得坐失良機，只得發揮大無畏精神，置體重問題不顧而大嚼。

吃消夜、聽琦君姐說笑話，其樂融融。歡樂時光易逝，可恨夜已深沈，「萬先生」卻留客曰：「夜仍年輕。」(The night is young.) 是的，夜仍年輕，因爲他們都仍年輕，琦君姐、思果先生二位長者仍年輕，奈何我卻已經老了！

歡樂二日，終須一別。首先動身的是——呃——夜半歌聲的主角。翌日午前我們一行八人車分二路，浩浩蕩蕩往火車站送行。她人已上車，我們猶自佇立月台，依依揮別。簡宛說，「她此刻定是歸心似箭了。」這話不打緊，竟引出琦君姐的一則笑話來：

某人離家日久，歸期將近時修書告知不識字的嬌妻：在紙上畫一只烏龜，身旁一把寶劍——龜（歸）心似劍（箭）。妻子接信不能親往車站迎接，覆信亦畫一烏龜，脖子卡在門外，身在門裡——大蓋（概）不能出門。

我們聽了捧腹大笑，笑得前仰後合，滿腔離情別緒暫拋九霄雲外。好不容易笑聲漸歇，曾邀另一半與我回石府午餐小憩後再動身的「萬先生」狡猾探問：「大蓋能來吃飯？」顧慮長達八小時的歸程，北卡與田州交界的山路黑夜駕車不宜，另一半不由得嘆道：「畫一只烏龜，身首在門外，飯在門裡——大蓋吃不成了！」

簡宛與我比州而居，四十號公路相連，兩地相距近四百英里。「君住長江頭，我住長江尾。」「萬先生」載著他們一行人領我們上了向西的四十號「水溶溶大道」後，不久便揮手道別，向洛麗市出口處駛去。

別了，北卡的新朋友與二日來形影不離、笑語喧闐的文友們，珍重再見！

原載民國八十一年五月三十一日《新生報・副刊》
同年七月一日美國《國際日報・副刊》轉載

夢裡繆思

夢，在我家多年來幾乎已成了另一半的專利。他不僅經常有夢，且內容千變萬化，多彩多姿。更令他頗爲自豪的是，他的夢醒來後仍完整如新，他仍得以向我繪聲繪影，大大形容一番。

相形之下，我的夢就顯得貧乏、寒酸。而最令我痛心的是，腦中似乎挺像那麼回事的夢境，醒來竟如被麻繩穿過中心的片片豆腐，輕輕一「提」，便不敵「地心吸力」而破碎支離。因此說夢在我家永遠是單行道，他大開講座，我洗耳恭聽。

猶記孩子幼小時，清晨是我每日最忙碌的時光。我手忙腳亂，在冰箱、爐灶、飯桌三點間穿梭奔走，準備一家四口的早餐時，漱洗完畢的另一半往往在我身邊亦步亦趨，向我絮絮敍述夜來的奇幻夢境……。

近日情況似乎略有轉機，我居然接連做了兩場醒後仍能記憶大致內容的夢。

也許是由於白日思想寫作之事，夜間作夢亦不免與寫作有關。我竟在夢中提筆，洋洋灑灑，大好文章一揮而就。自己那時亦知是夢，朦朧中卻深信那篇散文內容精湛，文字無懈可擊。一時大喜過望，只消醒來將其逐字記下，就是一篇現成的作品，豈不美哉！狂喜中睜啓雙眼，夢境雖記憶猶新，夢中的作品卻成了斷簡殘篇，且字句不通，美夢因之成空。

昨晚又夢見寫作。

我曾以「一杯半咖啡」爲名，寫成一篇散文，第一册書並以此爲名。夢中的我靈感豐富，想到「一杯半咖啡」過於西化，何不寫篇「一碗半稀飯」？稀飯是我的偏愛，卻不適應另一半的腸胃，他只能消受半碗，兩人的食量相加，正是一碗半稀飯。

眞是作夢！

原載民國八十年八月三日美國《世界日報・副刊》
及同年九月四日《聯合報・繽紛版》

不識好貓心

精力充沛且富有建築天才的朋友正在改建廚房，我前往參觀時，赫然瞥見廚房櫃檯上放著自己的新書《笑語人生》。朋友在百忙中猶不忘讀我的書，我心中不禁溢滿了感動。

正在那時，在我們腳邊磨蹭的波斯貓黑蜜驀然一聳脊背，拔地而起，上了櫃檯。輕靈，不偏不倚地落在那本嶄新的書上。

朋友對黑蜜的行為似乎司空見慣，全不在意，我卻忽然灑脫、笑語不起來了。新書收了〈一卷不拔〉一文，文中我曾作戲語，說見我不順眼或有不如意事的人可撕我的書或焚毀出氣。可是面對貓兒的考驗，我已經沈不住氣了。

數年的心血結晶在貓臀下雖完好無恙，書香與貓騷共揚，總覺有些不是味道。何況誰能預料這頭小動物下分鐘又會玩什麼新把戲呢？書本可能被貓爪抓得「遍體鱗傷」，黑蜜或許忽然急需方便……我簡直不敢往下想。

「水池上的窗子是我裝的，下一步……」朋友興高采烈為我描繪她的改建計劃，我卻心神不定，聽而未聞。乘著她轉首指指點點，我暗地用眼角監視黑蜜的行動，只見牠毫無另覓高就之意，以《笑語人生》作寶座，顧盼自得，一副君臨天下之概。我心中不禁暗暗叫苦。

直到我告辭離去，黑蜜都未挪窩。

歸來告知另一半。他是與貓一同成長的，兒時家中的「貓」口少達兩頭，多達七頭，來美後卻因美國的屋子難以讓貓來去自如，怕委屈寵物而不再養貓。聽了我的話，「貓權威」正色開導我說：

「這妳就不懂了。貓是最愛憎分明的，見了不喜歡的人爬起就走，喜歡的人呢？牠趴在你身上打盹睡覺。牠若不喜歡那本書才不屑在上面蹲呢！」

他的話使我「貓」塞頓開，原來還是我在「狗咬呂洞賓，不識好『貓』心」哪！

原載民國八十年八月十二日美國《世界日報・副刊》
及同年十月六日《聯合報・繽紛版》

菠菜三明治與蠔油豆鬆

〈中副〉新闢別開生面，極饒趣味的「我的私房菜」專欄，已有數位名家現身說法，隆重推出令人垂涎三丈的好菜。拜讀後，我不由得想起我近日自創的數式私房菜來了。

私房菜往往是格外精緻味美，不輕易與人分享的佳餚。我的私房菜之所以「私」，卻正相反，是因其太寒傖，以一般標準衡量，亦不甚可口。

掌杓近三十載，何以竟無一二拿手菜以告慰家人親友及自己的腸胃，卻要再自創些見不得人，難以入口的私房菜呢？其中緣由就說來話長了。

想當年，我也是個不折不扣的美食主義者，只要不勞我親自下廚，我是食不厭精的。中年以後，血壓步步高升，病魔年年如意。遵醫囑減少攝取食鹽，效果並不卓著，遂又打膽固醇的主意，採取「欺軟怕硬」政策，肉類專揀軟的下手，如雞與魚。

某日切雞，忽有所領悟。美國的雞，近十數年來皮下脂肪愈來愈厚，大腿中亦出現了層層肥肉，想是換了化學飼料之故。捨五花肉而取五花雞，塡滿了養雞人的荷包，也充實了食雞人的血管，於健康何補？於是一不做二不休，精切細剔，去皮除油。四整條雞腿，費了我整整四十分鐘，晚餐因之名符其實，晚了近一小時。我邊進食邊自我安慰：花了許多時間處理肥油，總比未來手術臺上有勞醫師淸除血管脂肪好吧？

那一大堆肥皮黃油沒有下肚，而進了垃圾筒，固然値得慶幸，雞肉因此切得支離破碎，卻足以影響食慾。想到脂肪與血管擴張手術及冠狀動脈繞道手術的關聯，連口中去了油的雞塊都嚥不下去了。何況去皮除油後，雞肉又乾又硬，鮮味大減，易牙再世亦難以創造奇蹟。辛苦作成的靑椒雞塊，竟成了食之無味棄之可惜的「雞肋」。

我因此動了茹素的念頭。

同病的另一半卻不贊成，僅同意儘量減少食肉。於是我挖空心思，大力改革家庭菜單，務求在每人午晚二餐食肉量不超過一茶匙碎肉或半拇指大小肉塊的大前提下，菜餚適口充腸，毋缺營養。

美國小城超級市場的豆腐往往是酸腐，其餘豆製品一應付之闕如，綠葉蔬菜種類稀少。葷不成，素不就，鹽在虛無飄渺間，一日三餐，想不憶「甜」思「苦」也難。

有回與另一位「同病」交換養生心得。（上了點年紀，最感興趣的話題，莫過於祛病養生之道。）告以我新近發明的早點：菠菜三明治。即以冰凍碎菠菜置微波爐加熱煮半熟、去汁、拌入些許美乃滋調味醬。他始而難以置信：「此人吃的水準怎『墮落』到這步田地？」繼之大義凛然。那副寧死不敢領教菠菜三明治的氣概，令我失去勇氣，未能向他請教他每日早餐是如何打發的。

我雖發明了不少如菠菜三明治，使絕大多數人不敢領教的點子，在「窮則變，變則通」的情況下，亦偶有佳作。例如上週「創造」的「蠔油豆鬆」。

將乾豌豆（美國超級市場所售袋裝乾豌豆，或許是爲了便於煮熟，均經機器去皮切半，稱 split peas）洗淨，入水泡軟，燉爛。起油鍋炒透。出鍋前酌加少許鹽、蠔油、及葱花。

雖無半點肉星，仍引得另一半食指大動。

我並無潔癖，但生平最怕炒菜。起油鍋時恨不能效法中古武士，頭戴鋼盔，身披鐵甲，左手執盾，便於抵擋熱油。右手最好再揮舞一根六尺長矛般的鍋鏟，期收「保持距離，以策安全」之效。

炒「蠔油豆鬆」時，竟不那麼害怕熱油四濺的場面了，因爲濺出鍋的熱油，也正是進不了血管的熱油。

俗語說：「人窮志短」。人病時志也不長。

原載民國七十九年十二月二十七日《中央日報・副刊》

青春飛去老來伴

老，來得不是太慢便是太快。孩提時代迫不及待想快快長大，只嫌日子過得太慢，不知青春短暫。二十五歲後生理機能逐漸退化，向老邁之路邁進。開始走下坡時，坡度極小，因之渾然不覺，不知老之將至。

漸漸地，坡度愈來愈大。生活像架速度失控的影片放映機，由慢動作忽地變爲快動作。一日日、一年年，畫面快速地移動，快速地消逝。

曾幾何時，不知老之將至成了不知老之已至。

童年往事仍記憶猶新，彷彿自己還是那見幼稚園情怯的孩子；年少的情懷如夢如詩，難以相忘；中年爲自己開闢一片天空的艱苦亦點滴心頭。人生仍有許多工作未完成，多少心願未了，許多興趣未及開拓，怎麼就老了呢？

髮已蒼、氣已衰，卻執拗地保持年輕的心情，不知老之已至，不知何時竟成了拒知老之已至。

老，卻是不容你自欺欺人的。總有那麼一日，或許是一件事，或許是有人無意間的一句話，令你驀然憬悟：

老，已經來了。

有位朋友中年創業，不分晝夜投注心力，活得極爲充實。返臺行中採購周璇歌曲錄音帶，店員點頭道：

「老華僑都愛這卷。」

事後他搔腦袋問我們：「也許那天我較累，所以顯老？」

還有位朋友五十大壽方屆，美國退休人士協會的邀請函已翩然而至。

有人自以爲丰姿不減當年。街頭遇見帶著孩子出遊的年輕朋友，後者向孩子說：「叫婆婆。」

另一位年逾半百的朋友的經驗更特殊，博物館憑券入場時，不經意低首，如被人兜胸一拳：她手中握的竟是張老人票！

一時恍若時空錯置。初抵美國攻讀碩士那數年，影院售票小姐一貫遞向她未成年人門票。年輕的她深感受了侮辱，拒受優待，鄭重聲明：「我早已不止十八歲。」

飄泊異鄉三十載，外型竟由較實際年齡年輕多多，而衰頹為較實際年齡蒼老十歲。她回首望向售票窗前的長龍，一時竟失去折回請求更正的勇氣。

省了數元大洋，內心卻苦澀難言。

經人以當頭棒喝指點而知老之已至，想再不服老，也是一門艱深的學問。

接連數日，她步履蹣跚。

原載民國七十九年八月二十八日《聯合報・繽紛版》
同年九月十日《中央日報》國際版〈精華版〉轉載
同年九月十九日美國《世界日報・副刊》轉載

坐輪椅的日子

年少讀鄭板橋詩，至今印象深刻：「世無百年人，偏作千年調，打鐵做門限，鬼見拍手笑。」

稍後也曾見另一極端，這類人士的態度，可以一則洋笑話爲代表：汽車推銷員鼓如簧之舌，勸說老先生訂購新車，老先生雙手齊搖，苦笑婉謝他的好意：「我早就連青香蕉都不買了！」

篤信中庸之道的我，介乎兩極之間，既不作千年調，也勇於買青香蕉，一貫渾渾噩噩渡日。

不知禍事即將臨頭。

且說一個週六午後，出門辦事，在購物中心停車場上車前，另一半在前開車門我在後，心中惦念秋毫之事，而不見輿薪——地面高達半尺的水泥障礙物，我履險若夷。警覺不妙時，大勢已去，身子已重重向堅硬的水泥地倒下。

「以卵擊石」，前者「命」敗身裂，後者毫不稀罕。我以皮肉骨頭擊水泥地，後果雖沒那麼嚴重，其吃力不討好的情況相同。

被絆時莫名其妙，絆倒的過程驚心動魄，坐地檢視像淺淺鋪了一層碎牛肉的左膝，地心吸力的爲害，這回總算深深領教了。

雙手及右肘也受了傷，卻不如左膝首當其衝的「任重道遠」。被扶起後，我忍痛瘸了兩步，不幸中之大幸，關節骨骼似乎未曾斷裂。

關節骨骼完好，去醫院急診室似乎有些小題大作，何況醫院的急診室一向「你急我不急」，遂匆匆前往週末照常開門的診所清理及包紮傷口。

翌日醒來，除了週身如被卡車碾過似地，五、六個傷口爭奇鬥豔，競相比賽誰最疼痛外，一瘸一拐地，日子還能勉強的過。

傷口比賽的結果，雙手數處破皮的輕傷自知不敵，不久便自我淘汰，悄然引退。剩下右肘和左膝入圍決賽，後者終因實力堅強，榮獲冠軍。

憑良心說，我對那位傷口當冠軍之事，並無成見，只盼它功成身退，見好就收，不要捅出大漏子來。

不幸事與願違，這位傷口先生好大喜功的程度，不亞於成吉斯汗，得了冠軍竟拒絕鞠躬下臺，反而百尺竿頭，更進一步，繼續攻城掠地，向征服「天下」的目標邁進。不僅疼痛變本加厲，傷口周圍且開始紅腫發熱，雖經我將每日三省吾身，改爲三洗傷口，並奉獻消毒藥水與油膏，仍無濟於事。

被蚊子叮急了，我還可以虛張聲勢，怒吼：「你有完沒完哪？不怕吃撐了鬧肚子啊？」對付貪得無厭的傷口卻缺乏經驗，只得求醫驅除惡魔。

西醫西藥的成就，有目共睹，可是仍有些我不敢苟同之處：科學一日千里的二十世紀末期，醫藥居然固守我國古代的「連坐」政策，一人觸法，罪及九族。

就拿傷口發炎服抗生素來說吧，藥物必須先經肝臟破壞，剩餘隨血液全身走動，各處平均分配，細菌猖獗的左膝只分到一些，顯然藥少菌多，不起作用，而健康無恙的身體他處，也被逼甘苦共嘗，有難同當，跟著「吃」藥。

換個方式來說，如同陳先生患關節炎，醫生處方消炎止痛，不管有病沒病，將陳先生應服的藥，平均分配給三代同堂的陳家大小，結果可想而知：陳先生的病沒好，家人卻因無病而藥，相繼病倒了。

又可以說，服抗生素相當於向傷口下毒，頑強的傷口滿不在乎，持續興風作浪，左腳痛得無法點地，卻傷及無辜，把原先健康的腸胃毒壞了。偸雞不著蝕把米，我眞成了輾轉床第的病人。

臥病中，文友琦君女士來電話相勉道：

「脆桃子看來結實，掉下地粉身碎骨，反而爛桃子有韌性，摔不壞。妳我都屬於爛桃子類，有事不會出大問題的啦。」

我聽了不由得抱痛而笑，笑了一半又悲從中來。

劉紹銘教授絕妙大作〈驚識糟老頭〉，曾提元曲家關漢卿高吟「我是個蒸不爛煮不熟搥不扁炒不爆響璫璫一粒銅豌豆」。我自以爲頗富自知之明，從不敢以「銅豌豆」自許，卻不知原來只是「爛桃子」材料！

繼而自忖，當爛桃子既可得琦君姐做同道，又有摔不壞的好處，便轉悲爲喜了。

爛桃子之說果然有理。就在那天，跌跤一週紀念日，我因左膝疼痛難忍，施馬後炮之技，上醫院掛急診。X光片顯示，左膝關節骨骼，連一條頭髮粗細的裂痕俱無。

全是那雄心萬丈的傷口搗亂！

醫生對傷口抵抗抗生素的能力亦頗爲關注，除了指示熱敷及臥床休息外，並走馬換「藥」，換更生猛的毒……呃……抗生素。

所謂臥床休息，當然仍有不得不起床的時候，就醫前我已有準備：好漢不吃眼前虧，痛得兩眼漆黑的獨腳「鳳」日子，我已經過夠了，左腿大爺成事不足，敗事有餘，不如請它歸隱山林，我租輪椅代步。

輪椅眞乃世間偉大發明，左右兩旁就地滾的大輪胎外端，尚附著較小的鋼輪，雙手操縱外輪，獨腳「鳳」便得以前後左右，來去自如，俯仰不求人了。

坐輪椅不多時，我便有所領悟：生活中原來就成問題的事，如跳舞登山、賽跑游泳，當然不必談，不用想；就連原來不成問題的事，也成了問題。

例如開冰箱。平日應手而開的冰箱門，坐輪椅就休想動它分毫。使盡氣力，冰箱門不屈不撓，輪椅和我卻倒退了五尺，撞上了身後的烤箱。

凍箱高高在上，更難以高攀，必須奮力一腳自輪椅站起，效金雞獨立，方得開門取物。

坐輪椅見棲身十年的寒舍，更有一番不同風貌。屋子忽然顯得家具太多，壁上字畫太高，地面地毯太厚。轉彎空間忽然侷促起來，出入何止萬次的房門走道，如今狹窄難行，外輪控制一時不愼，手指關節就遭殃了。

廚房裡的爐灶水池，櫃臺微波爐，無端高了三尺；櫥櫃裡的物件，若非太高，卽太低或太遠，看得見搆不到；書房與我，隔著樓梯，只能遙遙相望。我眞實體會了「咫尺天涯」的涵義。

雙手操縱外輪，雖能使我順利自甲屋到乙屋，卻難以攜帶任何物件。「揮一揮衣袖，不帶走一片雲彩」固然瀟灑，對我這俗人卻不相宜。

記得五歲左右，見鄰居客廳玻璃煙灰缸邊緣，插著整盒火柴，盒蓋半啓，露出豔紅上百枝火柴頭。我哪知厲害？順手將身旁佛案上燃燒得煙霧縈繞的炷香，取了一枝，點向火柴。頓時「轟」地一聲，頭臉成了火球。幸而母親就在鄰屋，聞聲奔來，施以急救。

母親當年爲江蘇東南醫學院的高材生，雖因種種客觀條件，未能外出活人濟世，醫療火傷，正是學以致用，難不倒她。

她如何包紮敷藥，我已全無印象，只記得滿面是泡，達數月之久，上海夏日氣候炎熱，母親時時用消毒的注射針頭，細心一一自泡中將傷口滲出的液體吸入針筒，以免感染發炎。我的全無疤痕的面容，便是母親醫術高超的明證。

母親的愛心及醫術，雖使我的臉龐如今免於疤痕，火傷後卻有年餘，滿面黑斑，塌後猶存的毛髮卷曲，爲我在鄰里間博得「非洲人」的雅號，簡稱「非人」。有許多年，只消一聲「非人」，便能引我大哭一場，鬱鬱不樂半日。

以輪椅代步的日子裡，我卻恨不得自己是非洲人了，雙手既另有任用，若能如非洲人頭頂什物，攜物豈不就不成問題了嗎？

除了攜物及攜物不便外，上下輪椅，由右腿獨挑負全身重量的大樑，武功尚未臻純熟，便須頻頻表演金雞獨立、金雞獨跳、金雞獨轉身等絕技，也著實委屈了它。沒多久，右膝也開始提出嚴重抗議：

「爲什麼我得加班超載，讓小左悠哉游哉，享盡清福？我就是鐵打的呀？」

俗語說得不錯：「禍不單行」。右膝未曾安撫妥當，新藥雖使左膝傷口不那麼囂張，身體他處，特別是腸胃，均已飽受毒害。焦腸爛膝之際，難得獨撐整片天的另一半竟積勞成疾。不讓劉備三顧茅廬，專美於前，我們一日間三顧「我急他們不急」的醫院急診室。好不容易，由急診室打道回府，又出現了另一難題：我的左腿可提前退休，兩人的腸胃提前退休，卻有困難。腸胃既無法退休，民生問題又難以解決，苦也。

我常感覺，與我們年齡相仿的人的生活型態及活動量，對我們來說，是可望不可卽的「高級式」。若以十分爲滿分，「高級式」爲十分，我們的「平常式」勉強可獲四分；二人中一人不適，立成「苟延殘喘式」（兩分）；二人同倒，竟淪落爲零分的「全軍覆沒式」。

遠在加州的女兒得知，拋下先生與工作，急急飛回照料。感謝她一週的辛勞及朋友們的熱誠相助，我們終於得以自「全軍覆沒式」掙扎向上，恢復「苟延殘喘式」。

漸漸地，清洗傷口，終於不痛得那麼齜牙咧嘴了；漸漸地，左先生夠資格復出山林了。

說來不免自慚薄倖：當初迎輪椅進門，對其敬愛有加，不可一日無此君。曾幾何時，與左先生重修舊好，頓感處處受輪椅牽制，急於棄其如敝屣，還我自由之身了。

只因半分鐘的疏忽，招致了近四週的病痛，並嚴重殃及池魚，擺脫輪椅一週後，我一瘸一拐，上樓步入久違的書房，恍若隔世。

迷戀寫小說達十個月之久，散文寫得較少，小說才完稿，又因跌跤停筆四週，讀者們不在乎，另一半卻有話說：

「我看妳寫小說太傷神，何苦來哉？不如回去寫散文，心情輕鬆。何況，沒妳的歪歪調散文可讀，我已經好久沒開懷大笑啦。」

唉，話裡褒中帶貶，貶多於褒，舍他其誰呢？說不得還是苦中作樂，寫篇〈坐輪椅的日子〉吧。

因為能寫，阿彌陀佛，就是「平常式」了。

原載民國八十二年十一月十三日《新生報・副刊》
同年十二月三十日美國《世界日報・副刊》
同年同月二十三日《中央日報》國際版〈精華版〉轉載

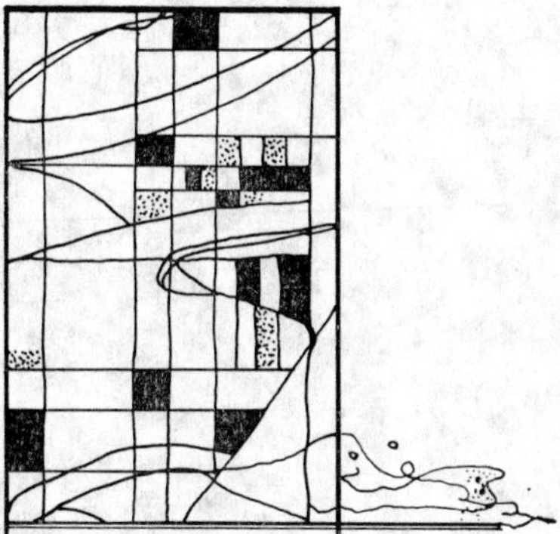

近思篇

挈灑水壺的女孩

是她優雅的氣質首先吸引了我，使我放慢了腳步，終於停下，忘神地鑑賞、傾聽。

她本身好似一座精美和諧的藝術傑作，卻鮮活眞實。與她身旁雷諾瓦的畫作中挈灑水壺的女孩一般，她擁有金棕色的鬈髮、細緻的五官、及晶瑩溫潤的肌膚。歲月雖已在眼角唇際刻劃了些許細紋，卻無損她成熟的風韻。淺藍色的衣裙將雙眸襯托得湛藍明亮，目光流露對藝術的深情。

她的套裝肯定是出自名家之手，胸前卻佩戴著國立藝術館義務嚮導的名牌。

眞難得呀，我心中感嘆。在這臥虎藏龍的華盛頓社區，她可能是國會議員的賢內助或次長夫人，不用這大好時光爭名奪利或吃喝玩樂，卻降尊紆貴地爲一群小朋友義務講解古畫。她的口音顯示她出身新英格蘭的貴族女校，卻少了那份矜持。更難得地，她懂得把握十歲左右孩子的心理，正深入淺出地啓發他們觀察畫作的興趣：

「……你們看，雷諾瓦的這張畫，線條粗糙模糊，重重疊疊。尤其是灰色的花園小徑與女孩身後那片綠溶溶的草地，筆觸顯得格外粗獷，是畫家畫得不耐煩了嗎？還是他的筆太舊，用禿了，又買不起新筆？」

在她面前地板上圍坐成半圓的十餘個孩子不約而同地笑了，七八隻小手往上舉，爭著回答她的問題。

舉得最快也最高的小手，指甲修剪得整整齊齊，手背的膚色黑得發亮。手的主人穿著光鮮整潔，與其他男孩大同小異，卻有著異常明亮靈活的雙眸及聰慧的面龐，此刻受了啓發，正熱切地企望有所表達。

她卻未作理會，纖纖玉手指向另一男孩：

「都不是的。畫家一定是故意這麼畫的！」

她微笑頷首，表示讚許，接著問：

「他爲什麼故意畫得如此粗糙呢？畫細膩些不是更好看嗎？」

那隻小黑手又飛快地舉起來，非但比其餘四五隻小手舉得高，且搶先了一大步。由於發表意見心切，舉手的刹那，連身子都似乎彈了起來。

我不禁含笑向他注視，眞是個熱愛藝術的孩子！

有那麼一刹那，她的眼光似乎亦爲黑男孩的熱誠吸引，卻倏地轉了開去，頷首讓一個女孩發言。

女孩許是出自藝術家庭，不疾不徐地答道：

「這幅畫近觀粗糙，遠觀卻極傳神，這便是『印象派』的特色。」

「答得好極了！」她大爲激賞。「印象派畫家作畫的本旨不求一筆不苟的眞，而求呈現其神韻，可是……」她話鋒一轉，「女孩的頭髮明明是金棕色，雷諾瓦怎麼卻用了綠色的油彩呢？」

小黑人又舉手了，但這回他似乎已失去了那份熱誠，動作顯然猶疑，時間因之不曾領先。

她的手點向另一男孩：

「因爲她身後是綠色的草坪，陽光由後方射來，將她頂部的頭髮亦似乎染成綠色的了。」

她繼續發問，孩子們踴躍作答，氣氛熱烈，我卻意興索然，無心傾聽了。小黑人已由興趣濃厚逐漸轉變爲失望頹喪，終於放棄希望，不再舉手了。最令我不忍的是，他表情中帶著一份茫然，似乎不解爲何受此待遇。

轉過臉去，我遇見丈夫投來的目光，我說：「你有未注意到……？」

他低聲用中文說：「妳是說她故意不理那黑孩子？她絕不是初出茅廬的嚮導。妳看她面面俱到，眼神照顧了每個孩子，卻始終將他擯棄。」

這班顯然來自優秀學區卻不知何校的學生中，只有兩名黑髮黑膚的孩子。另一個小黑人亦是男孩，不知是對藝術缺乏興越，抑早已洞察她的心意，不願自討沒趣？自始至終漠然靜坐，不曾舉手。

熱愛人生的雷諾瓦，享年七十八歲，作畫五千餘幀，終生著意描繪人生美好面，作品題材一貫捨多雪而取春陽，畫作瀰漫祥和之氣，而有畫界莫札特之譽。這幅他初露頭角，卅五歲英年之作「挈灑水壺的女孩」，亦不例外。畫中女孩甜美純眞，有如天使，她挈壺爲園中花草佈施甘霖時，該不至於蓄意忽視一些，令其乾涸枯萎吧？

我們向鄰室行去。我的心不死，一路走，一路向丈夫也是對自己說：「我們所見到的畢竟是表像，不能百分之百斷定她的動機。譬如說，一般人公認黑人在體育及音樂方面的成就，而忽視他們在其他方面的才能，或許她亦只是因此認爲黑孩子對藝術不可能有卓見，而不讓他發言？雖然這也是變相歧視，究竟比眞正歧視好一些。或許她認識這班學生，知道這個孩子太愛說話又言不及義，所以不給他大放厥詞的機會？當然，也可能她的孩子幼年時曾與黑人同學起過齟齬……」

我言猶未畢，丈夫忽然停下腳步，似笑非笑地打量我說：「妳的想像力太豐富了，眞該去寫小說的。」

原載民國七十八年十一月九日《中央日報・副刊》
民國八十二年三月十六日美國《國際日報・副刊》轉載

金絲雀之死

《紐約客》雜誌近期登載了兩幀有關環保的漫畫。

第一幀刊於五月十七日的雜誌：兩對男女，一字排開，坐酒吧吧臺前，兩位女士居中，男士在外。其中一位女士轉身向另一位說：

「他這人（意指身旁目不斜視的男士）沒什麼趣味，但他全身可都是用再生材料製造的。」

再生、回收是近年興起的觀念。任何消耗資源的行爲，似乎只要用再生，即可以回收的材料，就不是浪費，就可以理直氣壯。女士爲男伴辯護，居然冠冕堂皇，用上了環保的新觀念，不愧爲新時代女性，令我肅然起敬。

肅然起敬的同時，又不由得啞然失笑：不僅是這位男士，連女士自己，以及所有的人，甚至一切生物，包括臭蟲、蟑螂、老鼠，哪個不是用再生材料做的呢？如果這位男士唯一値得誇耀的「美德」，只有這一點，那他眞是一無可取，乏善可陳了。

另一幀漫畫，刊於六月二十一日的《紐約客》：五位男士衣冠楚楚，圍坐會議桌做腦力激盪，噴射機飛翔雲端的大幅畫面懸掛壁上。其中一人說：

「每班客機機艙用金絲雀來試驗空氣品質，如何？」

用金絲雀試驗空氣品質，並非空穴來風，是有典故的。這典故與採煤有關。

眾所周知，採煤是極危險的職業。不僅長期呼吸不良空氣，易罹患所謂「黑肺」的職業病，最危險的是煤礦災變。動輒釀成數百人喪生的慘劇。

煤礦礦災的發生，是由於礦中煤層自然儲存大量沼氣（methane，學名：甲烷）。採煤時，甲烷逐漸釋放，空氣中甲烷的含量到達了一定濃度，礦工鑿煤產生火花，即能引起爆炸。首當其衝的工人固然炸得血肉橫飛，距離較遠，爆炸後毫髮無損的礦工，也往往因爆炸引起的煤礦坍方，而遭活埋，或窒息而亡。

早年煤礦缺乏通風設備，及測驗空氣品質的科學儀器（現代煤礦的安全措施仍然不是百分之百安全）。無可奈何中，有人想了對策：購買金絲雀，携帶入礦。

如空氣中甲烷成分過高，嬌滴滴小巧玲瓏的金絲雀，必先天下之亡而亡，領先殉職。只消見金絲雀香消玉殞，或奄奄待斃，便知甲烷成分已升至危險邊緣，大夥兒便趁早離礦，逃避大難去也。

近來美國許多航空公司，爲了縮減開支，節省汽油，悄悄旋低了新鮮空氣進入機艙的頻率。機艙的空氣不佳，已招致空中服務人員及旅客的責難，甚至有引起頭痛、氣喘及各種呼吸道病症，並可能散播傳染性疾病之說。

茲事體大，美國聯邦疾病防治中心已因此展開研究，以確定機艙空氣品質降低，是否已使乘客感染急性肺結核。《紐約客》漫畫家威廉・漢彌爾頓先生（William Hamilton）也趁「機」大做「文章」。

成功的漫畫，往往能以幽默、諷刺、誇張，甚至荒謬的筆法，一針見血，凸顯眞實。漢先生的這幀漫畫也不例外。

機艙空氣調換的頻率，雖然已從過去的每三分鐘一次，降低爲每七分鐘以上，雖然這每超過七分鐘才換一次的空氣，還不是純新鮮的，居然有一半是經過濾的再生、回收的舊空氣，究竟還不到立刻要命的程度，考慮用金絲雀測驗品質也者，當然是漫畫家的誇張。

漢先生的誇張並不離譜。客機機艙的空氣固然還沒有金絲雀的「用武」之地，由於現代科技文明發達，造成嚴重空氣污染，許多世界大都市的空氣已瀕臨需要借重金絲雀的地步了。

而代表最高科技文明的噴射機，居然要依賴「最低科技」的金絲雀，來測驗其機艙空氣品質，更是漫畫家的諷刺。

漢先生的諷刺也不離譜。舉個例說：以往是開發中國家的生水不可食用，因其未經殺菌的過程；如今已逐漸形成已開發，所謂的先進國家的自來水不可食用，因其水源已受眾多化學物污染。現實豈不比漫畫更諷刺嗎？

名餐館有招牌菜，《紐約客》雜誌有風格獨特、幽默雋永的漫畫，且數十年來，其漫畫的質和量，都堪稱首屈一指。悲哀的是，陽春白雪的雜誌，畢竟抵擋不住時代洪流，基於銷售量的考慮，不得不走馬換將(主編)，逐漸通俗化。趨向下里巴人的第一步是，雜誌變花俏了，彩色挿圖，比比皆是；大幅名人相片，聲勢奪人。

幸而「招牌菜」的質與量依舊，否則《紐約客》就不成其爲《紐約客》了。漫畫如文學，往往取材於大眾關心的話題，《紐約客》中，以環保爲素材的漫畫，出現頻率逐漸升高，可知環保已成爲當今愈來愈重要的問題。

環保雖急不容緩，究竟解決不了人類最基本的問題。依我之見，世界人口的急速增加，才是破壞地球生態的元兇；可以說，環保問題，其實是人口問題。

地球的資源有限，世界人口的膨脹卻無限制。隨著人口的急速膨脹，及生活水準的提高，世界資源從目前的捉襟見肘，到未來的嚴重短缺，乃大勢所趨。人口若持續成長，節約能源，勤於回收，只能延緩劣勢而已。

這就苦了金絲雀了。

再回頭來看，美國文化，受MTV和《閣樓》雜誌等等的汚染，因應市場經濟的需求，已使《紐約客》雜誌逐漸站不住腳。漢先生作漫畫時，不知有未想到，品味高雅的《紐約客》及其漫畫，也可能成爲預警文化走向，自身先天下而亡的金絲雀啊！

原載民國八十二年七月十七日美國《世界日報・副刊》

及同年八月五日《中華日報・副刊》

有情的歌聲

離開艾城前一年，適逢世界聞名的洛杉磯交響樂團駕臨，作一週四場的演奏。有位美國朋友請了樂團中的五位小提琴手晚餐，邀我作陪。

那是十一年前，洛城樂團的前任總指揮，印度籍的梅塔（Zubin Mehta）甫爲紐約交響樂團羅致，接掌的是義大利籍的裘里尼（Carlo Maria Giulini）。席間我請五位主客列舉三名現代世界最佳指揮，其中一位竟不假思索答道：

「裘里尼、裘里尼、裘里尼！」

更令我驚奇的是，其餘四人亦頷首同意。

相反地，若有人以「誰是當今世界三大最佳抒情男高音」相詢，身爲歌劇迷，我絕不一面倒，視音樂家爲不可得兼的魚與熊掌，欣賞張三必須否定李四。我必欣然答曰：

「帕伐洛帝、多明哥、卡瑞拉斯。」

事實上，究竟帕伐洛帝（Luciano Pavarotti）抑多明哥（Plácido Domingo）應居榜首，也是見仁見智的問題。二人幾乎同時成名，聲望可說並駕齊驅，各領風騷二十年而盛譽不衰。

若談音樂造詣，則二人運用聲音均已天衣無縫，出神入化。詮釋音樂各有千秋。以天賦而言，帕伐洛帝嗓音寬，多明哥歌喉嘹亮。

然而前者就有那麼一絲絲——我也說不上來是那一絲絲——較多明哥占優勢。或許就是聲音較開放、較舒暢。但亦絕非雲泥霄壤之別。只是毫髮之差而已。

義大利籍的帕伐洛帝美中不足的是缺乏演技，且體型肥胖。他的噸位雖與女人年齡一般，始終保持高度機密，那水缸似的大肚子卻是遮不住的。音樂會上鼓腹而歌不打緊，歌劇中飾演熱情如火，愛得連命都可以不要的「小生」，便有些可笑了。

西班牙籍的多明哥較帕伐洛帝小六歲，年已半百，身材亦漸由魁梧向發福的方向邁進，但畢竟少了那個招牌大肚子。加以面貌英俊，音色中多一份血氣方剛之概，擔任歌劇中的激情男主角，無論扮相、歌喉，都是上上之選。

所謂「一山不容二虎」，藝人亦不免相輕，多年來歌劇界盛傳二人交惡的流言。這些流言有幾分眞實性，唯圈內人可知，但經過新聞媒體的渲染及推波助瀾，假亦能成眞。不論眞假，廿年來歌劇界任何場合，有「帕」則無「多」，有「多」即無「帕」，已成不成文法。

這一回，破天荒地，兩人居然在同一場合出現，且一同登台演唱，更合唱混合曲(medley)，你唱我和，我唱你和，成了音樂界前所未有的盛事。

而促成這場令樂迷拍手頓足，樂得不知如何是好的歷史性演唱會的，竟是他們二人對同僚後進的愛心。這位同僚後進，便是近日赴臺北演唱，位居世界第三最佳男高音的卡瑞拉斯(José Carreras)。

抒情男高音卡瑞拉斯與多明哥爲大同鄉，也是西班牙人。他在音樂技巧上不如二位前輩爐火純青，但他的音色優美，演技精湛，歌聲感情豐沛，外貌英俊溫柔。年方廿五即嶄露頭角。

四年前的七月，卡瑞拉斯正當四十一歲的英年。正紅得發紫，全球飛來飛去演唱之際，忽然罹患急性血癌，病勢險惡，復原機率僅得十分之一。經化學及放射線治療，加上二度骨髓移植手術，幸告康復，於一九八八年七月重返樂壇。

爲了慶祝他的重生，歡迎他的復出，二位世界抒情男高音泰斗，在百忙中首度攜手合作，與卡瑞拉斯聯袂登台。

演唱會是去年七月七日在羅馬的著名露天音樂廳舉行的(旅居小城的我近日始得由電視

中觀賞）。由翡冷翠主樂團及羅馬歌劇院樂團合作伴奏，擔任指揮的正是國際樂壇叱咤風雲，卻不爲那五位愛憎分明的洛城樂團小提琴手所愛戴的梅塔。

世界級的音樂家經常在電視中露面，近年來，欣賞他們的樂聲或歌聲之餘，漸生「一回相見一回老」之感。五十五歲盛年的梅塔，指揮棒下的音樂魅力依舊，他本人的面容已顯浮腫蒼頹。帕伐洛帝的體重有增無減，多明哥面部的肌肉亦較前「厚重」。歲月不饒人，風光得意的日子易過，轉眼青春已逝，雖藝術永在，樂（歌）聲不朽，生命終將凋謝，連名震寰宇的生命亦不例外。

四人中最年輕，僅四十五歲的卡瑞拉斯，經血癌的大刦已較病前消瘦了許多，略顯傴僂，頭髮稀薄，嘴也癟了，不復往年的英姿。演唱時並偶爾出現前所未見的擠眉皺鼻痛苦表情，見之令人惻然。

聆聽屹立世界聲樂巔峰的三位男高音演唱，極易令人產生錯覺，以爲他們演唱成功，接受聽眾瘋狂喝采叫好，是順理成章的。事實上，唱歌劇不易，唱男高音更是大不易。唱了千百遍的詠嘆調有一天忽然唱不上去了，或高音階的C出現「裂痕」，一世英名即付諸流水，極難東山再起了。

每回敞開歌喉，成敗都是未知數，都是事業的生死關頭，難怪貴爲大師的帕伐洛帝上場演唱，都不忘手拽象徵好運的白手帕。

然而過度地懼怕失敗就不會成功，藝術的成長本是源於對能力極限的持續探索。

在這「『不』怕貨比貨」的演唱會中，三人更是卯足了勁，使出渾身解數，吃奶氣力。節目中除了常見的蒲其尼（Giacomo Puccini）歌劇「托斯卡」（Tosca）及「杜蘭多公主」（Turandot）中的三首詠嘆調外，亦安排了一些較少爲人知的曲子。三人輪流上臺獨唱後，繼之以混合曲掀起演唱會的高潮。十二首歌曲，由英語「西城故事」的主題曲，到義大利那不勒斯的情歌，到西班牙語、法語、德語歌曲；時而一人一段，時而二人合唱，時而三人合唱。你一句、我一句、他一句，興高采烈，似乎渾然忘卻誰是世界第一男高音之爭。

聽一條世界級金嗓子已夠享受，三條金嗓子同聲高歌，經過許多努力，多年嚴格訓練的聲音，純淨自然，毫不費力，似非來自喉管深處那不到二吋的肌肉，而是發諸心靈，令我全身振奮，幸福之杯滿溢。臺下聽眾亦如我一般，如癡如狂。其中一位年六十餘衣冠楚楚紳士，竟與奮得椅子坐不住，在座位前又蹦又跳。

三人風格各殊，音色迥異，閉著眼亦知是誰在唱，與二位前輩相比，卡瑞拉斯的表現有時顯得稚嫩。也許是我敏感，總覺他與死神打過照面後，雖慶重生，音裡調間流露的仍悲多於喜，悽愴之情多於欣悅。偶爾將音符拉得過長，有濫情之嫌。開幕第一曲及稍後拔高音調時，許是由於興奮緊張，竟屢屢唱走了音，然而瑕不掩瑜，放眼滔滔濁世，尚無人能接近此世界第三的寶座。

三位男高音尚有一長處，爲許多歌劇演唱者所不能及的：咬字清晰。

歌劇界咬字最差的首推被譽爲本世紀最佳花腔女高音的瓊・瑟柔倫（Joan Sutherland）。現年六十五歲，已於不久前退休的瑟柔倫的優點是擅於用氣。以往常與她合作演唱歌劇的帕伐洛帝早年曾在她練唱時，手按她的小腹，向她學習腹部呼吸，丹田發音，自承得益匪淺。

瑟柔倫的缺點是不講究咬字。據我所知，聲樂家接受訓練，除了必須學習數國語言外，尚須口含多粒玻璃彈珠高歌。理論是，若口含彈珠能將歌詞唱得字正腔圓，一清二楚，吐出彈珠後，咬字自然更爲清晰。

瑟柔倫也許彈珠含得太久，起了反效果，以致演唱時仍予人以「彈珠宛在」之感。不僅無法捕捉她歌詞中的片詞隻字，連她唱的何國語言亦茫然無知。義大利語也罷，法語也罷，德語、英語也罷，在她口中全成了千篇一律的「呼哩呼嚕」。

話說回來，能將「呼哩呼嚕」四字唱得那麼動聽，如拋一束漫長無盡的絲帶向雲際，任其隨風翱翔，婉轉迂迴，卻又清越空靈，裊裊不絕。天下亦不作第二人想。

演唱會中，與歌聲同樣使我深受感動的，是三人間出自內心的惺惺相惜之情。帕伐洛帝與多明哥身爲前輩，未臻退休之年，卻全然無畏於後進虎視眈眈，覬覦他們的寶座，早在多年前，即因賞識卡瑞拉斯的才華，與他成了摯友。此番不僅爲他上臺共同演唱，混合曲中，且不乏由他獨唱，二人降尊紆貴爲他伴和的鏡頭。

輪流獨唱時，三人中之二人匆匆上臺下臺，打照面時，不忘相擁或以手輕觸，以示關懷。

安可既畢，四人（包括梅塔）均已滿頭熱汗，帕伐洛帝並親自用他的招牌大手帕，頻頻爲居中的卡瑞拉斯拭汗。

見了他們的相濡以沫，我自心底感到溫暖，並因此重新體會：生命縱然短暫，人事儘管無常，世間畢竟有情！

原載民國八十年六月十三及十四日美國《世界日報・副刊》
及同年同月二十六及二十七日《新生報・副刊》
同年七月十日《中央日報》國際版〈精華版〉轉載

春日的午宴

午餐的氣氛優雅、愉悅。

餐廳面臨曼瑞湖，六葉光潔明亮的落地長窗正對著瀲灩波光及湖畔盛開的石楠。餐桌上高腳玻璃杯中的白葡萄汁沁涼甘美，烤鮭魚出乎意表的鮮嫩。連上菜的女侍都那麼適如其份地慇懃。

更重要的，她與主人夫婦雖多年未見，且僅有數面之緣，相談卻極為融洽。遷離中西部小城前，她與他們的長女為近廿年的近鄰摯友，至今通信不輟，與好友的父母相見話題不虞匱乏。加以原任鐵路工程師的男主人妙語如珠，不時饗她以有關鐵路的掌故軼聞，餐桌上笑聲不絕。

那樣的場合，三人不可能縱懷暢笑，只是適可而止的輕笑而已。雖然極有分寸，仍不失為發自心底的歡笑，招引得餐廳中其餘餐客紛紛向他們投以好奇中羼雜著絲絲豔羨的目光。

廿餘位衣著鮮潔，輕聲細語的餐客，佔據了不到十張桌子，偌大的餐廳顯得空洞寂靜。空桌上水晶瓶中的康乃馨卻不在意受冷落，仍兀自綻放笑靨。

她注意到她是餐廳中唯一的東方人，也是獨一無二不屬於老年的餐客。

餐前朋友的父母曾領她參觀他們佈置精緻舒適的六樓公寓，客廳亦面臨小湖。他們得意地解說，爲了窗外這片湖景，等待了多年，始於數月前獲得空額，順利遷入。

不僅是湖面的單位，大厦的其餘公寓亦供不應求。十二層樓的建築，地下室層音樂廳、圖書館、電視間、健身房、手工藝室，一應俱全。一樓除餐廳及廚房外，大廳有警衞及郵筒。頂樓的屋頂花園名副其實地花團錦簇。佇立花叢，眺望灣區景色，朋友的母親遙指萬丈紅塵中次女居住的方向，距大厦僅廿分鐘的車程。

餐桌上與朋友的父母言笑晏晏，眼見高齡八七及八四的一對老人精神矍鑠，她爲朋友感到安慰，同時亦深深地思念起她卜居臺北的雙親。兒女遠在數千哩外的異國，多年來爲留臺抑赴美的抉擇而苦惱，他們的問題許是眼前的老夫婦所難以想像的吧？

居住這幢退休大厦的老人們，沒有經濟的顧慮或文化適應問題，兒孫雖非鎭日環繞膝前，畢竟相距不遠。他們得以在優裕舒適的環境中，無所牽掛地安享餘年，是何其幸運啊！

放下刀叉，朋友的父親與老件商議：

「午餐完畢，咱們帶她去見見這兒的死人吧?」

死人?她駭然四顧。朋友的母親正以漿熨得平整光滑的粉紅色純棉餐巾輕按雙唇，佈滿褐斑與皺褶的雙手止不住地顫抖。見她聞言滿面驚詫，急忙強笑解釋：

「他說見死人不是去看屍體……這幢退休之家有本紀念册，保留所有曾在此居住人士的相片……」她轉身責怪老件：「你的玩笑也未免開得太離譜了，害我們的客人嚇一跳。」

老先生一臉無辜：「我不是開玩笑。妳的母親與姐姐不是都在紀念册裡嗎?我想也許她想見見她們。」

她微笑含糊推辭，心中卻微微刺痛起來。

朋友的母親曾不經意地提及：大厦的二、三及四樓住滿了臥病的老人。她忽然省得餐廳及充斥種種康樂休閒設備的地下室何以寥寥無人了。足夠的經濟條件能使這許多老人住進這幢大厦，卻無力爲他們抵擋衰老病痛之侵襲與死亡的陰影，兒女的慰藉亦難以驅除那最後旅程的寂寞恐懼。而優雅的午餐及面湖的公寓，其終點竟僅是爲大厦的紀念册增添一幀乏人憑弔的遺照。

窗外湖水粼粼，灣區三月的陽光依舊燦爛，她卻感到陣陣莫名的寒意。

數月後，她告別灣區回到東部，不久便自朋友處獲得了老先生中風猝逝的消息。

原載民國七十七年十一月二十三日美國《世界日報·副刊》
及同年十二月三日《中華日報·副刊》

天涼好個秋！

久病初癒，身心俱感疲憊。對著一屋零亂，她決意整裝出外，轉移心境。

屋外是個豔陽天，她卻意志消沈。日益稀疏的白髮、層出不窮的疾病，是如詩人艾略特所說，「永恒的闇者」已提著外衣在一傍催駕了吧？人生的筵席上，流連忘返的不乏精神奕奕的古稀老人，令甫屆知命之年的她慨然與「有爲者亦若是」的豪情。然而，就近年的種種跡象看來，永恒闇者的鼻息已依稀可聞。

數週足不出戶，超級市場都感陌生。逡巡瓜果蔬菜之間，一個熟悉的身影掠過眼前，接著是一串銀鈴似的笑聲。

遷居小城數年，她與病魔似乎結了不解緣，在小城的中國人圈子中博得多病之名。年輕的朋友一見面便殷殷問候她的健康。

遲疑地，帶著一抹淺笑，她說：「馬馬虎虎。就是有一些……小毛病。」

「什麼人能沒有小毛病呢?」朋友正色的說。

她們站在堆積如山的番茄前聊了起來。

聆聽著朋友以歡愉的語調敍述生活片段，她彷彿見到了十餘個寒暑前的自己。那時人生的道路似乎正長，孜孜營營，不知老之將至。曾幾何時，她已爲病魔糾纏而壯志全消……。

話題不知何時轉到了她身上。怔忡間，朋友的話語，接二連三，打入了她的心坎：

「妳的陶器能通過蓋林堡藝術協會的審查，順利展出，一定是非常夠水準的了。……昨天和曉蓮通電話，我們還談到妳。曉蓮時常見到妳和先生傍晚時相攜散步。我們就在說，我們到了妳的年齡時，先生還會和我們携手散步嗎?妳過的眞是神仙生活啊!」

她愕然注視朋友洋溢著青春健美的面龐與烏黑豐潤的及肩長髮。命運之神眞諷刺，日薄崦嵫，居然成了他人羡慕的對象。朋友大約未曾想到她自己亦有可令人羡慕之處吧?青春與健康，自己也曾擁有過，也和朋友今日一般，視爲理所當然，並不珍惜。如今感傷年華與健康的流逝，與老病作艱苦的奮鬥，也忘了珍惜已有的幸福與事業上的小小成就。

人生免不了有缺陷，連爲朋友豔羡的「神仙生活」亦不例外。如何無怨無懼，努力把握每一個日子，才是她今後生活的主要課題吧?

一瞬間，她心靈澄淨，胸間塊壘盡消。

原載民國七十六年九月十七日《中央日報・副刊》

驚豔

廿餘年了。每年耶誕季節來臨，對美國人購買慾之旺盛都不免再度驚訝一番。成長於戰亂的中國，多年來雖早已向貧窮告別，由儉入奢竟亦不易。面對豐盛得過份的商品及搶購的人潮，驚詫之餘，更多的是事不干己的漠然。

印象最深刻的是在美渡過的第一個耶誕節。耶誕前夕，一位相識的美國太太家中耶誕樹下堆滿了大大小小包裝精美的禮物。連寵物波斯貓及蘇格蘭種狗都有禮物，都曾經過她細心地包彩紙、繫緞花。

禮物中最多的自然是給這對夫婦的唯一掌上明珠的。美國太太眉飛色舞地告訴我：裹著紅綠相間的彩紙、繫著同色緞帶花的大盒中裝的是兩套純羊毛毛衣及呢裙。玫瑰色彩紙綴銀色鈴鐺的盒子裝著晨衣、睡袍及拖鞋。金色細長盒子裡是項鍊……

她一口氣列舉了十餘種禮品，似乎一個女孩能有的都齊全了，卻仍意猶未盡地說：「我還得去為她買兩件襯衫，再看看有什麼手鐲……」她的嬌女尚在小學，衣櫥的內涵已足令我咋舌。女孩打開耶誕禮物時我不在場，不知多兩件襯衫是否為她增添了許多快樂。

多一分物質享受便多一分快樂，似乎已成了許多人信奉的眞理，更是商人們所努力營造的目標。在這世界經濟王國，商人對社會直接間接的影響力是無與倫比的。把持美國廣告業的紐約麥廸遜街，控制了消費者的品味，也為人們提供闡釋了生活的方向。

電視廣告充滿魅力的男聲說：「送給她——她衷心最渴望的禮物！送她鑽石吧！」緊接著，風姿綽約的女郎擁著情人，興奮地一蹦數尺高，金髮飄揚，只為了她得到了夢寐以求的鑽石手錶。

人生的定義竟如是簡單，只是購買、擁有及享受幸福的三部曲而已。

我便是在這購物熱潮中曾見那位美女的。

無懈可擊的五官及玉膚、高眺均勻的身材、黑絲絨套裝、黑漆皮高跟鞋、黑色貂皮帽輕盈地覆蓋著棕色柔髮、長垂的鑽石耳環與銀灰閃亮的襯衫熠熠爭輝，黑絨腰帶及黑絲襪綴著水鑽。她的造型及裝飾無一不美，不曾忽略絲毫細節。帶著些許職業模特兒的誇張，她飄逸卻不失高貴地佇立在人群中。

最令人難以忘懷的卻是她那俏皮的下巴上揚，睥睨眾生，不可一世的神態。髣髴具備了青春、美貌與錢財，也就是擁有了人生的一切。

我不禁惋惜她只是個塑膠的模特兒。

假如她是眞的，此時不應獨自佇立百貨公司的人群中，而應掛在英俊高貴的男伴手臂上，前去赴盛宴了吧？想像她在華麗的大廳中，爲一群紳士簇擁的情景，連我都不由得爲她激發「『美女子』當如是也」的豪情。

然而，窮畢生之力，追求外形的完美，是享受人生呢，還是浪費生命？

假如她是血肉之軀，具備了人皆有之的七情六慾，青春、美貌及錢財亦無法永遠摒除人生一切煩惱的吧？完美的外貌並不能保證完美的人生。何況世事無常，美好中永遠蘊藏著毀滅的種子。連那麼完美的軀體亦不免衰老，終有一日化爲一堆白骨。這是麥廸遜街所不願觸及卻無力扭轉的事實。

我爲她慶幸她只是鼓勵顧客向她看齊的工具，是一具不知喜、嗔、悲、憂的塑膠模特兒。

原載民國七十六年一月十日《中華日報・副刊》
及同年一月十五日美國《世界日報・副刊》

此地無銀三百兩

不久前，美國的骨牌披薩店——或可音譯爲唐密奴披薩店——位於美京的分店，見微知著，從一粒沙看世界，宣稱他們能從白宮及國防部所在的五角大厦，向該店電話訂購送披薩到辦公室的服務的頻繁程度，預知政府即將採取重要行動。

譬如說，美國政府在派遣軍隊往格蘭那達、巴拿馬及中東前，白宮及五角大厦訂購披薩的次數均曾激增。

據《華盛頓時報》報導：唐密奴的「披薩測量計」顯示，九一年八月蘇聯發生政變的初期，披薩外送到五角大厦達一百零二次之多，創下最高紀錄，其次爲波斯灣戰事的九十五次。

相比之下，中央情報局政治警覺性就高了許多，該局訂購唐密奴披薩僅兩次，而且兩次都立刻打電話取消。可見有人說了話：

「使不得！天機不可洩漏，咱們還是啃啃冷麵包算了！」

事後聯邦政府某些機構的主管們，針對披薩問題發表備忘錄，對中央情報局的政治警覺性大肆讚揚，責成手下工作人員向中央情報局看齊，提高警惕。

未曾當過一日主管的我讀了這段報導，不禁失笑。天天訂披薩，次數差不多。有一天次數大增，固然啓人疑竇；如果忽然一次都不訂，或訂了又取消，豈不是「此地無銀三百兩」嗎？

我因此聯想起數月前聽到的一則「此地無銀三百兩」的眞實故事來了。說故事的人是俄國理論物理學家艾畢柯琵夫（Alexei Abrikosov）。自從蘇聯共產政府解體，俄國政治遲遲未上軌道，經濟不景氣，人才外流，鼎鼎大名的艾畢柯琵夫被位於芝加哥近郊的阿岡國家實驗室所羅致，主持理論物理，應另一半邀請來此演講。晚宴席間，艾氏忽有所感，談起了那則攸關世界存亡卻鮮爲人知的故事。

二次大戰中，蘇聯有位大學生應徵入伍，得了駐莫斯科的閒差。該生好學不倦，有志研究核子（那時通稱原子核）物理，利用閒暇上圖書館閱讀新出版的美國《物理學報》。從頭到尾，竟不見核子物理的論文。找上一期，居然也沒有，一連幾期都沒有。

他爲之納悶不已，美國有許多物理學家，爲什麼都不約而同，停止研究這最熱門的問題呢？有一天，忽然恍然大悟：

「啊哈！美國一定是在研究原子彈！」

他猜得不錯，美國正全力研究製造原子彈，所有有關核子物理的研究都成了高度軍事機密，不許發表。

毛頭小伙子不懂得人微言輕的大道理，居然上書史達林，史達林的手下們見信，不敢怠慢，立刻上呈，史達林因此火速撥付大筆經費，召集全國物理學家，全面展開核子武器的研究。

大戰後，美蘇的冷戰，雙方所恃的正是核子武器的威力。可以說，如果沒有那封信，等美國的原子彈轟炸廣島，蘇聯才大夢初醒，急起直追，讓美國佔盡先機，兩國的核子武器競爭也許不至於那麼激烈，冷戰也不至於那麼白熱化吧？

換句話說，美國政府的「此地無銀三百兩」，被乳臭未乾的蘇聯小子見微知著，逮個正著，導致二強的核子武器惡性競爭與冷戰，達半世紀之久。使人類五十年來，生活在全世界能在彈指間灰飛煙滅的陰影下，其後果之嚴重、影響之深遠，實在不是任何人所可預料的了。

反過來看，蘇聯的窮兵黷武，導致國庫空虛，經濟衰敗，終於拖垮了共產政權。也可說肇因於那封信。

因而艾畢柯瑟夫所以向我們娓娓述說此一掌故，也許是有感於自身的羈居異國，遠因也是那封創造歷史的信吧？

有鑒於此，今後白宮、五角大厦、以及中央情報局的衮衮諸公，在國事蜩螗，腹中饑腸轆轆，因而披薩饞蟲大動時，能不愼乎？

原載中華民國八十二年一月十一日《中華日報・副刊》

及同年同月十六日美國《世界日報・副刊》

狗咬人與人咬狗

數週前英文報端一則關於人與狗的新聞，使我憶起了美國新聞界奉爲圭臬的老話：狗咬人不是新聞，人咬狗才是新聞。

人煙麕集的紐約曼哈坦，計程車司機不慎，駛上人行道，撞傷一位六十四歲的瞎子先生與他的導盲犬。瞎子先生腿部傷勢嚴重，進了醫院，他生活中須臾不可分離的愛犬左眼可能因傷喪失視力，進了動物醫療中心。

這樣的事件在小城是新聞，在光怪陸離、無奇不有的大紐約本來算不了什麼，可是瞎子先生多年在第五大道擺地攤賣鉛筆維生，常打那兒路過的人對他及他名爲「阿煙」（Smokey）的中型獵犬都不陌生。人犬雙雙受傷的消息想必上了紐約小報或電視新聞。住院的一週中，舉「目」無親的瞎子先生竟因此收到四張「祝您早日健康」的慰問卡，另有數人前往探望。

紐約人的冷漠是出了名的。曼哈坦街頭成千上萬無家可歸的流浪者、大小醫院急診室許多病號或傷者，較瞎子先生不幸的人比比皆是，極少人投以關懷的一瞥，不用說進一步雪中送炭了。卑微小人物如瞎子先生居然獲得素昧平生的紐約人百忙中付出愛心，令人讀了自心底感到溫暖。

這則溫馨的小小新聞到此本應圓滿結束了，讀者且慢，精彩的情節還在後頭。

我們別忘了，瞎子先生還有一頭與主人共患難，因之左目可能失明的導盲犬。事實是，紐約人可沒有忘了牠。

阿煙住院的境遇似乎唯有前玉女今玉婆伊麗莎白・泰勒玉體違和的盛況差堪比擬：動物醫療中心電話鈴聲不絕，每日約有三、四百人探詢牠的傷情，慰問信件及卡片如雪片飛至，使醫院不得不設立專櫃，用大紙箱存放。

尤有甚者，瞎子先生本戴著一副「目」不能視卻能保護空洞眼眶的人工眼珠，被計程車一撞，義眼不翼而飛。他在病床上黯然向記者表示：「假眼實在太貴，我不可能再買一副了。」

瞎子先生手頭拮据不稀奇，令人驚異錯愕到目瞪口呆的地步的是阿煙的經濟狀況。有人擔憂牠四袖清風，又不擅張羅醫藥費，可能難以獲得最佳醫療服務，自動慷慨解囊，並為牠成立了「阿煙康復基金」，支票及現金大批湧到。

據動物醫院負責人表示，工作人員每日二十四小時應付慰問阿煙的電話已忙得人仰馬翻，招架無力，未及一一拆信點清金額。初步估計，僅一週所得，支付阿煙診治費用已綽綽有餘，餘款將用作醫療其他罹病或受傷的導盲犬。

記者也訪問了阿煙的主治醫師，令福克斯大夫嘆爲觀止的是那些信件。他說：「我在這所動物醫療中心工作已十四年之久，還是第一回見識有人給狗寫信。」

這位獸醫雖選擇了治療貓狗等異類爲終身職業，卻不曾忘卻同類，接著又表情凝重地加了一句：

「向阿煙噓寒問暖的慰問信中，極少有人問起牠的主人。」

他順手抽出一封：「您這雄偉俊美的大狗啊，我每天爲您祈禱，盼望有善心人士能來照顧您，爲您導盲。若有技術高超的醫師爲您做眼球移植就更理想啦。阿煙，我們都愛您！」

瘸腿全盲的阿煙主人對人狗的遭遇懸殊作何感想，新聞報導一字未提。

還記得曾在美國朋友裝飾得七彩璀璨的聖誕樹下見識了主人給狗送禮的奇事——大小紙盒裝著朋友餽贈愛犬的聖誕禮物，包裝精美，緞帶花繫得一絲不苟，卡片賀詞一應俱全。年少無知的我大爲驚異，如今想來自己那時實在是少見多怪。該犬貴爲她閤府的寵物，只不過與她的兒子享受同等待遇，並非厚犬薄子。二十年後世風日上，狗的行情顯然看漲，愛他人的狗竟能愛得如此如醉如癡，以致同樣天涯淪落，人竟不如狗多多矣。

然而，換個角度看，這則新聞可能是美國人同情心發揮盡致的表現，他們同情「弱小」，人狗一同受傷，也許狗顯得較人更無辜、更惹人愛憐吧？

阿煙的故事又使我想起另一則新聞：美國有位長了一對大蒲扇似的招風耳，又缺乏自知之明的劫匪慣犯。每回作案，只要受害人說：「搶我的人有對大耳朵。」警察便知是誰幹的好事。有位女士得知，惻隱之心油然而生，竟與整形基金會聯絡，自願捐助四千美元爲罪犯的招牌大耳朵整形，以後這位歹徒再作奸犯科就不易行藏敗露了。

四千美元絕非戔戔之數，美國捐款名目眾多，一般人並不慷慨，這位女士的大手筆極不尋常。只因天生的正字招牌大耳朵使這位罪犯不能隨意享受犯罪的自由，令她義憤塡膺，拔刀相助。相信她開支票時，絕不至於侵犯暴徒自由，附加條件，「別家都可搶，不許搶我家。」

這位劫匪屢落網屢犯，已作案十數回之多。那許多受害者對這位女士的「義舉」作何感想？新聞報導亦一字未提。

再說，慣犯整形後不畏因耳被捕，犯罪愈來愈順手，若在搶劫十八般武藝樣樣精通後，更上一層樓，再加上殺人。刀槍不長眼睛，殺了他人固然活該，卽使不巧殺了當初爲虎添翼的女士，想她也會含笑九泉吧？

多年前，一位德國朋友作客寒舍，有天我陪她逛百貨公司，尚未進門，她已駐足長嘆：「這眞是標準的美國百貨公司啊！」

我聽了心中不禁一凜：我難道太美國化，見怪不怪了？我怎麼已經看不出這公司很美國呢？

事實是，我的美國化畢竟只是表面，骨子裡我保留了許多與美國主流文化格格不入之處。這兩則新聞更顯示了我的文化溝。我的中國觀點，永遠不可能——我也不希望——和報導中的這些美國作風協調。

掩報嘆息之餘，我又退一步想：愛狗甚於愛人、同情罪犯甚於同情受害者，即使在美國，畢竟仍如「人咬狗」一般稀奇，才因此成了新聞上了報。若有朝一日，此風成了氣候，形成社會主流，像「狗咬人」那麼普遍，那才天下大亂呢。

看來我該慶幸那一日尚未來到。

原載民國八十一年七月二十二日美國《世界日報・副刊》
及民國八十二年八月三日《聯合報・繽紛版》
（改題「當導盲犬瞎了眼……」）

連中多元

如果有人吃飽飯沒事做，作民意測驗，讓全球大眾推舉今日世界第一富強民主大國，美國定能以最高票當選。

世界任何國家的人民，若有意離鄉背井，遠居異國，絕大多數最中意的目的地？一定又是美國。

以近日新聞爲例，美國大選前，阿肯色州長柯林頓，曾批評布希總統的遣返海地難民政策。柯林頓當選，海地人民喜從天降，摩拳擦掌，日夜造船，準備傾巢而出，渡海來美。有人甚至不惜破屋建舟，將住家的屋頂拆卸作材料。嚇得柯林頓總統立刻以預防沈船悲劇爲理由，改變初衷。同時透過聯合國，積極鼓勵海地民主化，並加速海地政治難民移民，企圖抑止難民潮。

美國，這世界第一自由樂土的魅力，由此可見。

所謂家家有本難唸的經，其實，每個國家也有本難唸的經，連世界第一富強民主大國，自由樂土的美利堅都不例外。近年美國的這本難唸的經裡，最主要的篇章是經濟衰退問題。

前任總統布希，便因此慘遭選民唾棄，被三振出局。

如今返回德州舔傷的布希先生，在競選期間，爲了轉移選民對經濟問題的注意力，曾屢次提及：波斯灣戰事，美國在他的領導下，打了個漂亮的大勝仗，東歐及蘇聯的共產政權相繼崩潰，也發生在他的任上。這些都是一度令美國人深感自豪的事。

布希列舉這些光榮事蹟後，總不忘強調，美國現況，沒有他的對手所形容那麼糟。他最愛說：

「我們（美國）是世界第一！……我們將永遠保持世界第一！」

許多美國人吞了這顆定心丸，就像豬八戒吃了人參果一般，全身毛孔，無一不暢快。可是如果仔細想想，總統先生的話，頗有老王賣瓜，自賣自誇的嫌疑。政客爲了選票——尤其是因爲民意測驗聲望偏低，必須安定人心——所說的話，能當眞嗎？

可是有人就當了眞。

有位工作於「國家雜誌」(Nation Magazine)的夏彼若先生(Andrew L. Shapiro)，打破砂鍋問到底，堅持確知美國究竟在那些方面稱霸全球，値得總統先生一再宣揚。他效法胡適博士，「上窮碧落下黃泉，動手動腳找東西。」用布希先生「大膽的假設」做自己「小心的求證」，寫了一本書，書名就叫做：「我們是世界第一！」(We're Number One!)

夏先生引用的資料主要來自聯合國的許多組織，包括世界銀行、國際貨幣基金組織、世界衛生組織、國際勞工組織、文教組織、發展計畫署、糧農組織等等。

書中所引美國的名次，多數是與十八個主要工業國相比，因爲這些國家的社會及經濟發展程度，與美國最接近。這十八國依序爲澳大利亞、奧地利、比利時、加拿大、丹麥、芬蘭、法國、西德、愛爾蘭、意大利、日本、荷蘭、紐西蘭、挪威、西班牙、瑞典、瑞士及英國。

夏先生這一研究可了不得，發現美國果然連中多元，是許許多多方面的冠軍。可惜大多數的冠軍榮譽卻不很榮譽，足以使山姆叔叔臉上紅一陣，白一陣，下不了臺。

譬如說財富。

美國的富甲全球不是蓋的。根據經濟學家的意見，購買力代表眞正的財富。美國的個人平均生產額，雖然屈居十九個主要工業國的第六名，購買力卻是第一。換句話說，美國所擁有的眞正財富是第一。

這不挺風光嗎？美中不足的是，美國的外債及國家預算赤字之高也是第一。

美國政府愛花錢，百姓也愛花錢，美國的個人平均消費額打破世界紀錄；更不妙的是，投資及存款比例之低，也打破世界紀錄。

更該令美國人汗顏的是，貧富不均情況的嚴重，美國又站在時代的尖端。美國億萬富翁的人數在世界各國中遙遙領先，貧窮兒童及老人比例之高也遙遙領先。

十九個主要工業國中，住大房子人的比例美國最高，但是流落街頭，無家可歸的人數也最多，竟相當於所有西歐國家無殼蝸牛的總數。

說來也許令人難以置信，美國家庭沒有抽水馬桶的，竟達十五萬五千之數。須與別家共用浴厠的家庭多達二百萬以上。

再談醫療保健。

美國的平均個人醫療保健花費為世界冠軍，醫藥費在國民總生產額中，所佔比例之高，也是世界冠軍。美國醫師平均每年收入，是十五萬五千八百美元，超過美國人平均收入的五倍，又是世界冠軍。

俗語說，一分錢、一分貨。花了這許多錢，美國的醫療制度應該最發達、最頂尖，美國人的健康最佳、壽命最長才對。事實卻正相反。

美國的嬰兒及五歲以下兒童死亡率為十九國之冠。成人平均壽命與全世界國家相比，只得第十五名。不屬於十九個主要工業國的地區如香港，高達第五名；甚至地中海的塞浦路斯(Cyprus)也較美國高三名，排名第十二。

據近期《時代》雜誌報導，美國兩歲兒童，竟有半數未獲兒童疾病防疫注射。西半球國家中，只有玻利維亞與海地的成績比美國差。

醫藥費用節節上升，醫藥保險費水漲船高，到了許多公私企業不堪負荷，嚴重影響美國經濟的地步。美國沒有醫藥保險的人比例之高，是十九國中第一名。醫療保健制度因此被柯林頓總統一再點名，視爲美國的主要危機，甚至內舉不避親，任命他最敬重的人才——第一夫人希拉蕊，主持醫療制度的改革。

是美國人口是心非，言不由衷？美國信仰上帝及信奉「毋殺人」誡言的人數比例最高，然而謀殺案比例也最高。數量一年高達二萬四千，平均每二十五分鐘就有一人慘遭謀殺，十倍於「榮」獲亞軍的法國。

百分之四十七的美國人家中有槍，高居世界榜首。私人擁有手槍，較英國高七十倍。不用說，槍殺、殺害兒童、吸毒、強暴、搶刼、偷竊等罪案，監獄囚犯及受害者人數之眾多，美國又得風氣之先，穩居十九國冠軍寶座。

最新資料顯示，美國每天攜槍上學的孩子多達三十五萬。這方面，美國兒童「得天獨厚」，任何國家的孩子不能望其項背，冠軍又是拿定了的。

（上週讀報，附近諾城的十歲孩子，小學五年級，與同學因細故爭吵，回家從母親皮包裡偷了手槍去學校報仇，幸而被老師發現，未釀成悲劇。）

此外，在十九個主要工業國中，運動員薪水之高和教員薪水之低，美國都榮獲第一。成人收看電視時間之多，和出版書籍平均比例之低，美國也榮獲第一。

結婚比例之高，仍舊深信婚姻神聖的人數之多，美國都是十九先進國第一。可是，離婚，及單親家庭比例之高，美國也是第一。上樑不正下樑歪，年輕人認爲應該避免婚前性行爲的百分率最高的是美國，未成年女子懷孕比例最高的又是美國。

美國政府極力抑制國內毒品的氾濫，卻鼓勵菸草的輸出，美國菸草的出口額居世界首位。

自認關心政治者佔人口的比例美國最高，同時，擁有投票權人中，實際投票的比例美國又最低。

美國是女權主義的發祥地，男女工資卻極不平等。美國男人掙一塊錢，女人只能掙六毛六，是全世界第十五名，比非洲的肯亞都不如。國會議員女性比例屈居全世界第六十三名，連最歧視女性的回教國家如伊拉克，也比美國強。

教育方面，也夠叫美國人面紅耳赤的。中、小學學生，每日收看電視五小時以上，自承回家從來不做功課，這兩項比例之高，美國第一。難怪美國學童的數學程度，與臺灣及日本學童相比，總是相形見絀。

國際教育評估機構測驗美國、加拿大、西班牙、愛爾蘭、英國及南韓六國十三歲學童，自稱數學甚佳者，美國比例最高，實際數學成績卻最低。

在環保方面，美國勇奪多項冠軍「金牌」，包括個人擁有汽車數量、汽油消耗量、平均製造汚染量，以及酸雨製造量。因爲能源消耗量大，美國每人每年平均釋放二氧化碳達六噸之多，卻漠不關心：對二氧化碳造成溫室效應、地球升溫問題的關注，美國人是倒數第二名。

美國書籍出版最少，紙張消耗量卻最大，每人每年平均消耗紙張七百磅，較英國高了一倍。每人每年製造垃圾達一噸，即兩千磅之多，爲瑞士與日本的兩倍，法國及意大利的三倍；垃圾回收方面卻極落後，名次須以倒數計。

夏先生寫書用心良苦，到目前爲止，並未生振聾發聵之效。倒是今後如有人效法前總統布希，沾沾自喜於美國是世界第一時，可以拿出這本書來：

「請問您所說的第一，究竟是這裡頭的那些項？」

話說回來，夏先生所以能放心大膽抓痛腳，揭自己國家的瘡疤，趁便奚落那時還貴爲總統的布希，而不必擔憂「後遺症」，倚仗的正是他書中未提，卻顯然美國穩居世界第一的寶貴人權：

言論自由！

原載民國八十二年五月十二日《中華日報・副刊》
及同年三月十九日美國《世界日報・副刊》
同年五月十五日《中央日報》國際版〈精華版〉轉載

玫瑰色眼鏡的碎滅

由中國人的觀點看，美國人的作爲往往有許多難以理解之處。而其中最令我困惑的是美國自由主義人士對中共的執著。

自由民主是美國的立國精神，美國的自由主義人士崇尚自由民主更是理所當然，令我困惑且深感諷刺的是：當舉世滔滔嚮往第一自由民主大國的美國，美國的自由主義人士卻對世界第一不自由不民主的中國大陸一往情深。

菩薩心腸的自由主義者一向是美國學術及新聞界的主流，所謂的「中國通」們十有八九隸屬自由派。以史諾、費正清爲首，他們對大陸政權懷抱一分偏愛，拒絕向事實低頭，堅認其爲人類的烏托邦，縱有小瑕亦不足以掩瑜。

甚至文化大革命後，鐵幕揭開小小一角，部份眞相逐漸暴露，瑕不掩瑜的理論已不足恃，他們仍自我安慰：鄧小平領導下的溫和改革派已經得勢，中國的自由民主還不指日可待嗎？

未料自由民主沒見影子，卻盼來了橫掃天安門的坦克。無情的坦克車碾碎了許多大陸菁英的軀體與理想，連帶地，也碾碎了許多美國學者專家的玫瑰色眼鏡。他們的態度終於起了轉變。在這六四三週年之際，美國居然出版了兩本揭露大陸政權眞面目的煌煌鉅著。《新皇帝——毛鄧時代的中國》(*The New Emperors: China in the Era of Mao and Deng*)出自《紐約時報》資深編輯並曾獲普立茲新聞獎的海瑞遜・薩里斯貝瑞(Harrison E. Salisbury)之手，《龍爪：康生》(*The Claws of the Dragon: Kong Sheng*)則由約翰・拜倫(John Byron)及羅勃・派克(Robert Pack)合撰。根據多項文件及訪談紀錄，三位作者將中共領導階級四十餘年殘暴腐敗統治的黑暗內幕，做了不留情面的描述與鞭辟入裡的剖析。

二書的出版同時也傳達了一項相關的訊息：時代變了。中國通們數十年架著玫瑰色眼鏡欣賞中共，愈瞧愈美的浪漫主義終於因六四而劃上句點，被寫實主義取代。

額手稱慶之餘，我的思潮竟不由自主地回溯到九年前的一場巡迴全美的攝影個展，以及個展作者出版的攝影集《在中國》(*In China*)。

如果說《新皇帝》及《龍爪》代表了中國通的新寫實主義，伊芙・阿瑙德(Eve Arnold）女士的攝影則爲自由派浪漫主義的典型產物，它纖毫畢現地凸顯了七十年代及八十年代初期美國知識份子對中共的普遍認知與心態，令我至今記憶猶新。

美國攝影記者伊芙・阿瑙德女士在六十及七十年代的西方新聞界是位炙手可熱的人物，常爲週日的《倫敦時報》及美國的《生活》雜誌特約攝影。她自承事業步步高昇，由美國而倫敦，從歐洲到中東，自阿富汗及印度而非洲與蘇聯，幾乎世界重要新聞地區都曾有她的攝影報導。唯一的例外是封閉多年的中國大陸。

阿瑙德女士因此視之爲她事業的終極目標，自一九六五年便鍥而不捨，積極爭取，七十年開始並每年申請簽證，達十年之久。精誠所至，中共當局的鐵石心腸爲開，透過層層關係，終於在七九年順利成行。

一年中阿瑙德女士二度訪問大陸，總計停留了五個月，行程長達四萬英里。除北京、上海、廣州等旅客必遊之地，更蒙恩准前往新疆、西藏、內蒙古等，當時嚴禁國外人士涉足之區。

八十年出版，收集了一百七十九幅彩色攝影的《在中國》便是她二度大陸之旅的成果。接著八十八幅由書中精選的攝影又得以巡迴全美展出。

還記得觀賞那系列的攝影時，在場的美國觀眾見了阿瑙德女士彩色鏡下蘋果笑靨的「中國娃娃」、華麗的民俗服飾及壯美的神州大地，都不自禁地頻頻驚嘆，一副恨不能立即趕往旅行社購票前往一遊的神情。身爲炎黃子孫的我感受卻大不相同。

士皇帝的政權不諳治國，籠絡外賓的手段卻是一流。「美帝」在大陸「萬惡不赦」了數十年，乒乓外交後竟成貴賓。鐵幕初開時，普通美國平民前往遊覽，一律享受貴賓待遇，所到之處，並可見大批兒童手舞紅紙花列隊歡呼：「歡迎！歡迎！熱烈歡迎！」

美國平民享受如此禮遇，名攝影記者阿瑙德女士的「紅地氈」自然更不同凡響。副總理廖承志親自接見，當局爲她的行程做了種種「妥善」安排，足跡所至隆重接待，賓主盡歡，不在話下。

強烈的笑臉攻勢下，捕捉鏡頭及提筆爲文之際，難忘主人的盛情，自然便手下留情了。何況那時自由派的浪漫主義方興未艾，是一言堂的形勢，她與大伙兒共同爲大陸政權隱惡揚善也是順理成章。

七九年阿瑙德女士前往訪問時，大陸芸芸蒼生尚未自中國有史以來最殘暴血腥的浩𧙗下復甦，不幸喪生或妻離子散的以千萬計，阿瑙德女士的攝影所呈現的卻是一派歌舞昇平的新氣象，萬民欣欣向榮的光明面。

阿瑙德女士的攝影有三多。第一多是中國少數民族的服飾。漫長的五個月中，她走了許多大城小鎮，鏡頭卻集中在新疆、西藏、內蒙古及緬甸邊境西雙版納的少數民族服飾上。似乎服飾愈特殊，色彩愈鮮豔，上她鏡頭的機率亦愈高。

少數民族僅佔大陸人口百分之六，個展及攝影集人物攝影中穿民俗服裝的竟高達百分之三十。美國觀眾讀者欣賞他們的服飾之餘，也獲得了大陸少數民族得以保持其傳統文化的僞象。

這些攝影究竟有幾分眞實？眞是天知、地知、大多數人不知。我印象最深刻的一幅，鏡頭前方是位俯臥草地的美麗少女。女郎著落地玫瑰紅長袍，衣領及袖口繡了花，一頭長長秀髮用白底淺紫花紋的紗巾綰住，纖纖玉手擱在側臥身前的白馬上。襯著藍天白雲及綴著野花的綠色丘陵，畫面眞是美極了。

那幅相片的標題？「人民自衞隊馴馬」。

第二多是宗教人士的服裝。天可憐見，大陸的宗教未等文化大革命便已被掃蕩殆盡了，在阿瑙德女士的手下卻敗部復活，佔了攝影集生活篇六分之一的篇幅。手捧佛經、僧袍摺痕猶新，群坐祈禱的姑蘇寒山寺和尙、身披袈裟的西藏喇嘛、頭頂小帽或纏白布的新疆烏魯木齊回教徒、彌撒祭袍加身的北京天主教神父，一一上了鏡頭，爲極權政治下宗教自由的神話做了有力宣傳。

那時百分之九十五的大陸人民穿的是藍或黑色的人民裝，阿瑙德女士的攝影中，穿人民裝的竟如鳳毛麟角。

第三多是樣板。滿面笑容的樣板上海百萬富翁、享受創作自由的樣板畫家、安坐家中卻在胸前配戴大紅紙花的樣板科學家……。無異向天真的美國人昭知：在中共的政治制度下，人人安居樂業。

阿瑙德女士攝影技術高超，尤擅於捕捉深具美感的鏡頭。人物特寫看來像藝術沙龍照，經過她的玫瑰濾色鏡，連貧民住宅都顯得優美如畫。幾乎每幅攝影都恰當地顯示了誘人的東方情調。

據我所知，七九年後，阿瑙德女士不曾重返大陸。經過了六四，未知她的玫瑰濾色鏡仍安然無恙否？

原載民國八十一年六月十一日《中央日報・副刊》

記憶的百寶箱

我的百寶箱中沒有光華璀璨的金玉珠寶，沒有鮮豔奪目的綾羅綢緞，更沒有價值連城的古玩字畫。它面積微小，携帶便利，數十年來與我形影不離。

我的百寶箱是我的記憶。

記憶極爲奇妙。我的記憶力不佳，許多前塵往事，早已事如春夢了無痕，煙消雲散。有的舊事卻歷久彌新。往往片言隻字、一個手勢、一張似曾相識的面龐，便如神鑰，啓開我記憶之箱，使寶藏呈現眼前。

箱內早年的事物均已支離破碎，唯一年代久遠卻鮮明完整依舊的是粉紅紗衣。

粉紅紗衣

那年我四歲，在上海法租界的薩坡賽小學就讀一年級。抗戰前在上海擔任律師的父親遠去了後方第三戰區打游擊，習醫的母親獨自帶著三個孩子留在淪陷區的上海，在藥廠工作維持一家生計。經濟狀況並不寬裕，卻爲我置備了一件粉紅紗衣。

紗衣眞可愛，短短俏皮的小蓬袖、粉紅軟綢夾裡、裙裾還鑲著荷葉邊。我穿著在鏡中左顧右盼，得意極了，恨不能立刻回校亮相。可是媽媽說，平日穿糟蹋了新衣，必須留待學校結業典禮。

日子在盼望中總是過得特別慢。清早，我懷著這美麗的祕密去學校。夜間，它在床傍小椅上伴我入眠。黑暗裡我撫摸著輕柔的紗衣，想像穿上它的情景，小小心靈便膨脹得像葉滿載春風的輕帆。

終於穿上了新衣參加我生平首次的結業典禮，我感覺自己一夜間長大了。

更令我興奮的是學校禮堂臺上竟堆滿了獎品，由校長唱名，小朋友依序上臺領取。我伸長脖子欣賞同學手中的獎品，豔羨極了那一個個髹得油亮的鉛筆盒。

長方形的木盒，盒蓋的彩圖是白雪公主與七矮人，或愛麗絲漫遊奇境，或綠野仙蹤的桃樂賽，僅外型便令人愛不釋手。同學開啓盒蓋，我瞥見細長筆槽中修得整整齊的鉛筆，扁槽裡的暗紅賽璐珞短尺；圓槽裡的橡皮塑繪成精巧可愛的時鐘，長短針指著八時正。還有發著誘人光澤的鉛筆鉋……。

我雙手交疊在粉紅紗裙上，安靜地等待上臺領取鉛筆盒，校長卻無視我的存在，遲遲不叫我的名字。眼看臺上獎品逐漸減少，我的心亦逐漸下沈。終於，獎品分發完了，我沒有得到鉛筆盒，連半打鉛筆、一本拍紙簿都未曾得到。

我拿到的是一張紙，一張印著「留級」兩個大紅字的成績單。

不記得自己是如何走出禮堂的，只記得緊捏著成績單，走在充滿陽光笑聲人語的校園裡。雖沒人注意到我的新衣，緊貼在冷汗透濕的背上的粉紅紗衣卻宛如芒刺在背。心中有聲音向我譏嘲：「留級生還好意思穿新衣服！留級生，厚臉皮！」

昏昏沈沈走進家門，母親聞聲下樓。一見母親，我再也控制不住滿腔委屈，號啕大哭，哭得聲嘶力竭。母親勸我上樓，我卻緊抱著樓梯扶手盡頭的光滑大木柱，死也不肯鬆手……。

事後數年，母親才告訴我，我的留級竟是她和級任導師商議好的。母親解釋說：「妳叫名（虛歲）五歲，上學本來太早。我們剛從貴州回來，妳一口貴州土話，我想，就早一年去讀，學學上海話也好。小孩子嘛，留級也無所謂。沒想到……」

母親以為年紀小留級並不可恥，渾渾噩噩的四歲幼童不懂得留級的意義，縱有不樂，粉紅紗衣亦足可安撫。她苦心孤詣買下奢侈的新衣，不曾料到幼童亦有強烈的自尊心，我竟以留級爲奇恥大辱。更不曾料到穿新衣而留級使我倍感羞恥。

從此我再也不肯穿那件粉紅紗衣，甚至每回目光觸及，心中便隱隱刺痛。紗衣後來是何時失落的，我已不復記憶。但對我而言，它並未消失，事隔近半世紀，它仍色彩鮮豔地存在於我的記憶的百寶箱中。

由於粉紅紗衣的教訓，我從此著意不在考試或發表成績的日子穿新衣或新鞋。深藏在我心中的是莫名的恐懼：「穿了新衣，萬一考壞了，多沒臉見人！」

我的一點榮譽心便是那時建立的吧？榮譽心與對失敗的恐懼原是一體的兩面啊！

母親的相片

記憶中，自童年到大學，我的同學首次見到母親，事後必然止不住驚嘆：「妳媽媽好美啊！」

朋友讚美自己的母親總是令人沾沾自喜的，殺風景的是，竟沒有一位同學懂得見好就收的。緊接著總是不勝惋惜地搖頭嘆息：「可惜妳不像妳媽媽。」

第一回聽到朋友這樣說，我足足生了半天悶氣。依稀記得曾因此向母親撒嬌埋怨：「姆媽，妳眞小器！都捨不得把妳的美遺傳給我！」

可是聽多了也漸漸地接受了事實而能淡然處之了。高中時代，每逢有人讚美母親美麗，我已能笑嘻嘻地接著說：「可惜我不像我媽媽。」總能令對方驚訝得瞠目結舌，髣髴我將她口中的話掏出來了似的。

這樣美的母親卻沒有她年輕時代的相片。

年輕時代的母親當然是喜歡攝影亦擁有許多相片的。抗戰前繁榮的上海，豐衣足食的生活，加上父親又有一位擅長攝影的至交，爲他們拍了許多洋溢藝術氣息的相片。哥哥、我及妹妹相繼出生後，相片的內容更豐富了。

母親顯然也是極珍愛那些相片的。抗戰期間，大疊大疊的相片由相簿小心翼翼地拆下。放入一個個大封套，裝入箱篋，隨我們由上海到揚州到安徽到貴州，兩年後經昆明、越南、香港回上海。太平洋戰事爆發後，又隨我們經數月的跋涉到了江西。抗日勝利後再隨我們到杭州。

甚至最驚險的時刻，我重讀一年級的初冬，珍珠港事變發生，日軍進入租界。由於父親在後方打游擊，我們在法租界幾爲日軍逮捕。深夜消息傳來，母親携著三個二歲至九歲的孩子倉皇避難。在那間不容髮的當口，相片亦一張未曾散失。

然而我卻從未見母親把玩那些相片。逃亡法租界另一角，改名換姓，日夜生活在恐懼的陰影下，還須出外工作養家活口，那幾年的生活嚴重地摧毀了她的健康。以後的日子不是顛沛流離，便是輾轉病榻，既無心情亦無時間攝影或觀賞舊日的相片。

連帶地，我們亦不曾見到雙親年輕時或我們童年期的相片。

民國卅八年一月離開杭州的前夕，父親正在上海等我們一同赴臺。偌大的家由病後的母親整理結束。深夜，母親猶兀自與箱籠什物奮戰。我走進她的臥室，見到許多大疊相片，好奇地順手取出一張。

那是父親與母親的側影合照。兩人戴著二十年代流行的黑邊圓形眼鏡，滿面嚴肅地望向前方，卻掩不住眉宇間那份對未來幸福的憧憬。

「這是我和你爸爸的訂婚照。」母親自我手中取去相片，淡淡地說。我首次發覺燈下的母親滿面倦容，已不復相片中的風華。

我想說：「姆媽，我睡不著，讓我看看這些相片吧！讓我拿著你們的訂婚照去臺灣吧！」母親似乎自我的眼神中讀到了我的請求，輕聲叱責：

「我還有許多東西要整理。小孩子別在這裡搗亂，快去睡，明天還要起個大早呢。」

抵臺後，一家五口卜居臺北漳州街湫溢的日式小屋，開始睡榻榻米的生活。母親不曾提及，我多年後方知，做事素來井井有條，一探手便能自箱中取出需要之物的母親，那晚竟失了手，將所有相片放錯箱子，送進了杭州那幢花園洋房的儲藏室。

國難當頭，許多人生命不保，骨肉分離，我們能在臺灣過著安定的生活，損失相片又算得了什麼？母親心中若有遺憾，亦從未形諸於詞。令她不勝唏噓的是未能說服外婆與我們同行。

歲月悠悠，三十年後我們獲知堅持留守家園的外婆早已於九十六歲的高齡棄世。身爲長子，老家責任沈重而羈留上海的姨丈因「海外關係」的罪名下放江西，病故異鄉。

三年前，妹妹在上海見到了闊別近四十年的姨母。妹妹臨別返美前，姨母將過去母親所贈相片交給了她。姨母說：「我年紀大了，留下這些相片，孩子們也沒有興趣。不如讓妳帶走吧。」

我急急翻閱妹妹寄來的相片，卻不見我記憶之箱珍藏了四十年的父母訂婚照。事實上，數十張相片，竟沒有一張父親的剪影，想必因安全原因銷毀了。陳若曦在《文革雜憶》一書中曾描寫嚙骨噬心的恐懼，如何令她將千里迢迢，由美國經歐洲攜回北平的心愛照片，全數撕成小片，扔入抽水馬桶。想到生平膽小怕事的姨母冒著生命的危險，數十年來藏匿她姐姐及外甥的相片，我不禁淚眼婆娑。

相片早已泛黃、老舊，相片中的母親卻依然年輕、美麗。淚光中，我端詳母親在貴州抱著妹妹的相片，笑著對自己說：「原來妹妹小時候是這副德行呀！」笑著，笑著，想到我也已不復記憶母親年輕時的容顏，竟笑出了滿臉熱淚。

歷經浩劫而倖存的相片，我們請相館翻印放大、留存，將原版貼入相簿，寄回臺北，作爲雙親八十雙壽的部份賀禮。

與這批相片相比，我記憶中的父母訂婚照已顯得模糊不清。隨著歲月的消逝，四十年前那晚的驚鴻一瞥，雖已逐漸褪色，卻仍是我記憶的百寶箱中最珍貴的物件。

原載民國七十七年三月十八日美國《世界日報・副刊》

被哈佛逐出校門的思想家

——柏格明斯特・傅樂傳奇

古來聖賢皆寂寞

我承認，稱理查・柏格明斯特・傅樂（Richard Buckminster Fuller）爲聖賢是有些過火。這位二度被哈佛大學踢出校門的「低」材生既非堯舜孔孟，與甘地或史懷哲亦難以相提並論。

說柏格明斯特・傅樂（他不愛人叫他理查）寂寞似乎亦不十分正確。四十七度獲榮譽學位，報紙雜誌競相訪問，五百餘所大學爭邀講演，莘莘學子靜坐聆聽五、六小時絕少離席，這樣的人，怎會寂寞呢？

然而進一步看，被大英百科全書譽爲廿世紀後半期最富創意的思想家之一的傅樂，置個人及妻女溫飽於不顧，數十年孜孜於改善人類生活的研究，以科技濟世的壯志雖未得酬，卻儼然具聖賢的懷抱。

一九二九年，美國經濟大衰退，爲了解決社會大眾「住」的問題，傅樂設計了成本低廉，適合大量生產的六角形住宅，包括幾乎無需用水的浴室。一九三二年，亦即能源危機前四十年，發明了符合空氣動力學原理，前輪推動，每加侖汽油平均可駛四十餘哩，能直行亦可如螃蟹般橫行的三輪汽車。一九四七年，又創造了以許多組成三角形的短柱連接而成的圓頂屋(geodesic dome)，無需棟樑，用材極少，建造簡易，卻堅固無比，颶風地震不能動撼。

這三項發明的重要性不言可喻，卻囿於種種因素，一而再地受忽視，不獲採用。六角形住宅及三輪汽車早已湮滅無聞，圓頂屋被公認爲世間最堅固、最輕、也是最經濟的建築，亦僅被用做展覽會場。這是傅樂個人的遺憾，更是全人類的損失。讀傅樂的生平，令人不能不爲之掩卷嘆息。

而最諷刺的是，這三項發明，尤其是圓頂屋，使傅樂足足享了數十年的盛名。邀請講演、頒與榮譽學位及通知獲獎的信函，自世界各地如雪花般飛來。他的畫像上了《時代》雜誌封面。電視網推出介紹他的專輯。傅樂精力旺盛，老當益壯，每年環遊世界一週講演教學。又不斷著書立說，闡揚他的理論，推廣他的發明。

然而持續地曝光及著作均未發生實效，社會大眾對圓頂屋及尖頭車的興趣，似乎出於好奇，止於好奇。如同觀賞馬戲班中的雙頭侏儒，看時嘖嘖驚嘆，事後逐漸淡忘，傅樂的三大發明竟無一項得以普及。

當年數以萬計的年輕學子，雙眸發光，專注地捕捉他的一字一句，那份近於宗教的狂熱似乎不久亦蕩然無存。傅樂的思想精神、傅樂的智慧結晶，竟如大好種籽撒落瀝青路面，竟未有一粒在青年心中萌芽茁壯的。

傅樂，又怎能不寂寞呢？

傅樂的「寂寞身後事」還包括一離奇現象。他於一九八三年以八十七歲的高齡無疾而終，蓋棺五年，尚無定論。有人推崇他爲詩人、思想家、哲學家、或數學家；有人認定他是發明家、工程師、建築師、或設計師。有人尊他爲天才、先知；有人譏他爲夢想家、狂徒。

以高中學歷，縱橫自如於各界

知識的領域浩瀚無涯。尋常人畢一生之力，皓首窮經，在一門學問中鑽研，尚難求突破。傅樂以高中學歷，縱橫自如於各界。當年哈佛大學認爲他孺子不可教，二度將他開除，日後他的詩篇竟爲他帶來被哈佛聘請爲繼承艾略特 (T. S. Eliot, 1888-1965) 的講座教授的殊榮。並曾獲得美國國家藝術及文學學院金獎章的最高榮譽。他不曾讀過一日建築學，卻獲得無數建築界的獎牌與勳章，包括英國女皇所頒予的皇家金牌獎。分子生物學家發現他設計圓頂屋的數學程式，竟與所有濾過性病毒 (virus) 外層的蛋白質結構完全相同。他的思想領先世界逾半世紀，早在六十年前便呼籲節省水源、能源、及一切資源。他的發明大膽創新，完全不落前人窠臼。數學原理、自然定律，他不從書本中學習，堅持一點一滴自我揣摩而得。縱觀世界史，如傅樂的奇人奇事似不多見。

這位奇才出身世家，於一八九五年七月十二日誕生於麻塞諸賽州密爾頓城。父親爲殷實的茶葉及皮革進口商，祖先五代均爲哈佛大學出身的名牧師或名律師。他的姑婆瑪格麗特・傅樂 (Margaret Fuller, 1810-1850) 爲先驗哲學 (Transcendentalism) 大師，也是梭羅(Henry David Thoreau, 1817-1862) 的好友。曾與愛默生 (Ralph Waldo Emerson, 1803-1882) 同創著名的《日晷儀》(*The Dial*) 雜誌，並任該雜誌的總編輯。有人說，傅樂的特立獨行的精神便是得自這位姑婆的嫡傳。

長了一副對眼的傅樂，生而極度遠視，在四歲配戴眼鏡前幾乎是全盲。由於遠視度數太深，雙眼被厚如可口可樂瓶底的鏡片放大，看來如牛蛙，配著五短身材，可稱其貌不揚。也有人說，傅樂的見「鉅」知著，凡事自大處遠處著眼的作風，肇因自幼遠視。

宴請陌生人，一夜花光一年學費

柏基（柏格明斯特的暱稱）在中學時代數學及物理成績都很出色，又是足球校隊的四分衛。進了哈佛，一時心血來潮，選了他一竅不通的拉丁文及希臘文課程，膝蓋又因打球受傷，進不了足球隊。中學時代的好友加入學校聲望較高的社團，不屑與他交往。柏基受了刺激，竟異想天開，期中考時在紐約請百老匯音樂劇的全體合唱團員喝香檳、吃牛排。一夜間將一年的讀書及生活費用花得精光，被哈佛勒令退學。

西諺曰：「好的開始是成功的一半。」柏基的開始似乎注定要失敗。他的父親在他十二歲時逝世，寡母對長子寄望甚深，這時失望透了。沒有哈佛學位，這孩子還能幹什麼呢？於是罰他在紡織機器廠當學徒。不久再入哈佛，故態復萌，又被開除，去肉類加工廠打工。一九一七年，美國參入一次世界大戰，柏基進了海軍，發明才華逐漸顯露。設計了起重吊槓及活輪機，能將墜海的飛機迅速翻正，爲軍方採用，拯救了許多軍機駕駛的生命。

同年柏基與芝加哥建築師修立德之女安(Anne Hewlett)成婚。翌年大戰結束,柏基退役返鄉,短短三年內竟與岳丈合創斯達凱建築公司,榮登總經理寶座。

傅樂的岳父也是位傑出人物。他不僅是建築師,也是藝術家,同時亦擅於發明。他鑒於現有的磚乃以黏土燒成,既重又易碎。公司平均每年損失磚塊達一百萬塊之多,乃以鉋花、稻草、或麥稭加水泥鑄成磚塊。

新磚極輕,且顛撲不破,激發了傅樂的靈感,進一步發明了可大量生產新磚的機器,又將磚塊打兩道直孔,簡化砌牆的過程:只須將直孔對齊,灌入水泥即大功告成。

磚塊為建築房屋所必需,新磚的優點顯而易見,暢銷可期。申請了專利的翁婿二人固然喜上眉梢,為桀驁不馴的長子操心多年的老傅樂夫人也鬆了口氣。

可惜天下事難以預料。新磚優點雖多,卻有一個傅樂未曾考慮到的缺點:他簡化了砌磚的過程,也斷了砌磚工人的生路。勢力龐大的砌磚工會及製磚工業受了威脅,聯合抵制,多方阻撓。斯達凱建築公司僅用新磚造了二百四十幢房屋便難以為繼,老丈人週轉不靈,不得已拋售股權。新董事會上臺,第一件事便是請傅樂下臺。

人窮志短，竟萌輕生之念

那是一九二七年，傅樂正當卅二歲的英年。失業的沈重打擊，加上數年前長女夭折的傷痛尚未平復，不巧又逢次女出生，一家三口生活無着。可謂人窮志短，竟萌輕生之念。他想：自己如果告別塵世，家人看死者情面，不致置遺屬於不顧，愛妻幼女的生活便不成問題了。

就在他徘徊密西根湖畔，打算縱身一躍，一了百了之際，又忽然心生一念：自己雖然身無分文，卻擁有不少行業的寶貴經驗，對人類社會尚能有所貢獻，不該一死了之。

這個念頭成了他一生的轉捩點。

決定不投湖的同時，傅樂做了兩個極重要亦極不尋常的決定：第一，從此貫注全副心力於改善人類生活，不再爲養家活口而工作。第二，摒棄他人思想，獨立思考，在不確定研究有成前，決不開口。

他斷絕一切往來，携妻挈女，遷至芝加哥的貧民區，開始閉關生活。不言不語，苦思終日。

日。而所謂終日竟是廿二小時。傅樂有感於貓狗「作息」時間與人類迥異。它們倦則眠，小寐半刻卽恢復疲勞，並無晝夜之分。乃改變睡眠習慣，每六小時睡半小時，每日遂有廿二小時可供思考。他稟賦特異，半分鐘內便能入睡，絕無輾轉反側，不能成眠的苦惱。

一家三口的生活費從何而來呢？傅樂表示，很抱歉，他管不著。

多年後傅樂功成名就，曾在著作中對夫人表示由衷的感激。的確，從他的妻子當時的觀點看，柏基日夜苦思，一語不發，對周遭事物不聞不問，雖生活在同一屋頂下，卻咫尺天涯，任她獨力撫育幼女，張羅生活。他是天才抑是瘋子？行爲形同自虐，罔顧妻女生活，連噓寒問暖都不暇爲，便定能有成就嗎？更重要的，這樣的日子究竟要捱多久？

傅樂何幸，擁有愛妻的諒解與支持。在近七百個聾啞的日子中，發明了六角形住宅，他終於「出關」了。

卽使以八十年代的眼光來看，傅樂的六角形住宅亦夠驚世駭俗的。簡單地形容：整棟屋子像柄傘。以正中的大圓柱（傘柄）支持重量，屋頂自「傘頂」出發，六枝「傘骨」向外延伸，「傘緣」呈六角形。隔間如切蛋糕，換句話說，每間房是三角形。「傘柄」底端埋入地下，是爲地基。

傅樂的設計別出心裁，目的並非標新立異，譁眾取寵，而是爲了實現他的崇高理想。首先，他認爲使更多人「住有屋」，美國的建築業亟須改革。造屋應如造車，需建立工廠，大量生產，降低成本。六角形住宅設計標準化，適於全部在工廠製造、裝配。所有材料亦可裝入十六呎的大圓筒，便於運輸、遷徙。且用材極爲經濟，僅需三噸，爲傳統房屋所需五十分之一。

其次，傅樂認爲房屋的功能除遮蔽風雨外，更應提高生活品質。屋子中央大圓柱中安藏冷暖氣機、中央吸塵系統、洗衣機、洗碗機、自動熱水器等種種當時一般家庭聞所未聞的裝置。

提高生活品質並不表示浪費能源。那是六十年前，傅樂便已先知先覺，提倡節省資源。他設計的浴室淋浴僅須四杯水，廢水尚可經處理後再度使用。水池、浴缸、化學處理無須用水的馬桶、及浴室的牆共分四大片，可在工廠如汽車車身般壓印而成，建造簡便。

一九二九年，六角形住宅在芝加哥的著名馬歇菲爾茲百貨公司展出，轟動一時。接著往全國巡迴展覽。一九四四年，十五年後，始得畢奇飛機公司 (Beech Aircraft) 決定與政府合作，計畫建造五十萬幢，每幢售價三千七百美元。一九四六年，並曾建造一幢示範，其設計已經傅樂改良爲圓屋。直徑長達卅六呎，四周玻璃，教堂式天花板高達十六呎。採光良好，視野廣闊，身在其中，心胸爲之舒展。屋頂尖端並設通風器，隨風轉動，促進空氣流通。全國各地前來參觀的人士有意立卽購置的竟高達九成，訂單訂金紛紛湧到，造屋計劃卻因「內部人事紛爭」而胎死腹中。

另一公司曾有意採用傅樂的浴室設計，亦因顧慮裝修水管工人工會的反對而作罷。精心設計的住宅未能發揮其應有的效用，卻淪落爲展品，傅樂並不灰心氣餒，仍再接再厲，繼續研究。甚至亦不曾因此學乖，接著問世的三輪汽車又極具革命性，光是模樣兒便足以令人側目而視。

爲了節省能源，增加汽車的效率，必須減低空氣的阻力。傅樂設計的車身形狀，有人說像子彈，有人說像折了雙翼的飛機，更有人說像滴眼淚。三十年代初期的有車階級多屬富有人士，那時能源不虞匱乏，每加侖可駛四十餘哩、減少空氣污染、能如吉普車在田野行駛、可載十二人等種種優點，對他們並不重要。他們見慣了長方如大盒子形的轎車，對傅樂的新車的尊容首先便不敢領教。

前輪推動（front wheel drive）的汽車，如今已極普遍，在那時卻是新猷。三輪汽車在歐洲，尤其是英國，有時亦可見到。而在一九三二年亦是首創。車速高達一百廿哩，如今亦有跑車可以做到。傅樂新車設計最獨特的貢獻是多方向(omnidirectional)行駛的性能：車身能以車頭爲軸，畫個半圓，亦可如螃蟹般橫行，路邊停車，可橫行而入，既省事又省空間。此一性能，近期日本已開始研究，並已少量推出橫行汽車，卻已較傅樂落後整整六十年。

「錢在口袋燒洞」這型的人

做先知的代價是不爲當時社會所接受。美國汽車工業非但無意採納傅樂的新猷，或延請其相助設計，且一味排斥。對傅樂的敵意不亞於六十年代通用汽車公司之痛恨著書撻伐其產品之奈德（Ralph Nader）。

傅樂到處碰壁，不得已籌款聘請工程師自製，並親自在紐約街頭駕駛，表演打轉橫行絕技，十分轟動。不幸自英國慕名前來的人士，試車時發生車禍，與他車相撞，駕駛身亡。報紙大肆渲染，三輪汽車造福大眾的微弱希望就此斷送。

可憐傅樂辛苦一場，未賺分文，反因之負債累累。直至一九四七年推出圓頂屋的發明始逐漸名成利就。

漫長的廿餘年，一家三口生活如何維持？傅樂本人語焉不詳。只有一回自承那時時常窮得只能「隔日買碗湯喝」。爲了清償債務，並曾出外工作一段時期。但他屬於美國俗語所謂

「錢在口袋燒洞」的一型，手中有些銀子，卽刻花得精光，對家計無甚貢獻。他的家人，尤其是夫人的親戚，對此頗有微詞，夫人卻一貫容忍。

傅樂利用幾何學原理，設計了以許多三角形連接而成的圓頂。在頂上任何一點施壓力，壓力立卽四散分佈，因此風速每小時二百哩下仍屹立不移。且建造簡易，用材僅爲同面積建築物的百分之三。

堅固、簡易、省材也是六角形住宅的優點。六角形住宅始終未被採用，圓頂屋卻使傅樂一舉成名。除了「時來運轉」，似乎並無更恰當的解釋。

發明圓頂屋後五年，美國空軍在加拿大北部裝置邊防雷達，首先採用。取其旣牢且薄，能承受北極暴風雪的侵襲，又不妨礙電波傳播。

接著福特汽車公司慶祝成立五十週年，選用直徑九十三呎圓形空地作爲慶祝典禮場所。空地上現有的圓形圍牆只能支持八噸重量，以傳統方法加蓋屋頂須一百噸重，且時間緊迫。傅樂用一萬九千根鋁質短柱，以一百廿個三角形拼成圓頂，重僅三噸，順利完成使命。

福特公司的主管，不信沒有支柱的圓頂能屹立不倒，慶典前日僱用大批拆除工人應變。結果圓頂始終安然無恙，公司支付拆除工人大量費用，竟遠超過傅樂設計建造圓頂所得。

於是在各地建造圓頂展覽會場成了傅樂的專長。一九五六年，美國在阿富汗首都喀布爾

(Kabul) 參加商展，其直徑一百呎的圓頂會場卽爲傅樂所設計。一九五九年，又在莫斯科建造了直徑二百呎的會場，獲得蘇俄總理赫魯雪夫的賞識。

最富戲劇性的是在火奴魯魯用鋁片建造的直徑一百四十五呎的音樂廳。凱撒鋁業公司 (Kaiser Aluminum Co.) 鉅子亨利・凱撒計劃親自監督建造，於鋁片到達機場廿二小時後駕到，音樂廳不僅早已竣工，且已座無虛席，已有一千八百位聽衆靜坐聆聽夏威夷交響樂團的演奏了。

那是一九五七年，距傅樂開始閉關潛心研究已整整三十年。

從此傅樂聲名大噪，奔波世界各地講演教學，席不暇暖。一九六七年爲加拿大蒙特婁城 (Montreal) 舉行的世界博覽會設計美國館，爲世界最大的圓頂屋。鋼柱及透明塑膠構成的建築，形若底端切除三分之一的巨球。直徑長達二百五十呎，高達廿層樓，並無支柱。參觀人士俯仰其間，莫不驚嘆其精美奇妙。

成名後不再「隔日買碗湯喝」

陽光下熠熠生輝，矗立聖勞倫斯河傍的美國館，象徵了傅樂的事業巔峯，也成爲他與夫人慶祝五十週年金婚紀念日的當然場所。

戲劇及電影演員最忌被定型（typecast），一旦形象在觀眾腦海中鑄成，便「九牛拔不轉」。榮獲一九三六年諾貝爾文學獎的美國劇作家歐尼奧（Eugene O'Neill, 1888-1953）的父親即因演基度山伯爵成功，而永遠演基度山伯爵，失去了成爲眞正偉大演員的機會，抑鬱以終。傅樂的圓頂屋雖甚成功，亦早早被定型，被認定爲展覽會場，失去了普及應用的機會。

成名後的傅樂不再「隔日買碗湯喝」了，卻喜偏食。三餐牛排蘋果醬，精力過人，健康良好，一生旅行講學近千萬哩，近八十八歲的高齡仍馬不停蹄。一九八三年七月一日，於垂危的夫人病榻旁，心臟停止跳動，溘然長逝，卅六小時後，不曾恢復神智的夫人亦追隨地下，一對神仙伴侶就此告別人間。

討論傅樂的一生成就，最容易犯也最常見的錯誤爲將其與愛迪生（Thomas Alva Edison, 1847-1931）相提並論。首先，愛迪生「才」有專精，是公認的偉大發明家，傅樂的成就卻是多方面的，涵蓋極廣。其次，即使在發明方面，兩人亦爲截然不同的典型。

愛迪生注重實際，擅長將既有的，已爲大眾所接受的產品加以改良——如電燈泡的燈絲及電話的炭質送話器——因此事半功倍，幾乎可說坐享其成。他的成就是推展，屬於演化性

(evolutionary)。

發明是理想的落實

而傅樂卻懷抱遠大的理想，發明是他的理想的落實，且多突破。雖合乎正確的科學及工程原理，卻因過於創新，以當時的眼光及知識判斷，跡近怪誕，因此往往事倍功半，不能為當時訓練有素的工程師所理解，更不能為大眾所接受。他的貢獻是劃時代的創新，極具革命性(revolutionary)。

愛廸生之所以著重改良，避免創新，有其鮮為人知的原因。愛氏的第一項發明為電動選票紀錄器，他申請了專利，興冲冲前往華盛頓售與國會，議員們卻不顧放棄傳統的唱名方式，無意購置。年少氣盛的愛廸生一怒之下，立誓「決不再發明沒人要的東西」。他恪守誓言，此後的六十年中，共申請了一千零九十二項專利，均為極實際，「全世界急切需要之物」。一生名利雙收。

早年的傅樂亦遭受了相同的挫折：心血結晶的發明不被接受。甚至因此失業，幾乎投湖自盡。然而他自密西根湖歸來，卻不曾為此改變作風，投社會所好。反而變本加厲，一而再，再而三地推出當時見所未見，聞所未聞，幾乎令人無法想像的新猷。

傅樂的作風亦有其獨特的理由。

傅樂的父親早逝。在他踏入哈佛校門前，一位父執輩暫代父職，曾爲他指點成功之道：由於社會資源永遠趕不上人口膨脹，貧富的對比已是百比一。換句話說，社會上必須有一百人短衣缺食，才能有一人享受富裕的生活。那位養尊處優的父執輩說，這是無可奈何的現實，要成功必須犧牲他人，且須盡量做得不落痕跡。

擇善固執較愛廸生寂寞

那位不知是傅樂的伯父抑或舅父，萬萬不會想到他的「肺腑之言」竟使柏基產生莫大反感，日後決心利人利己，以良好的科技設計彌補世界的資源不足。六角形住宅、三輪汽車、及圓頂屋的發明都出以一貫的動機：以最少的資源達到改善多數人生活的最大效果。雖一再地不被接受，仍不折不撓，數十年受冷落、罹貧困，而不改初衷。這是傅樂可愛可敬之處。然而擇善固執，也正是他較愛廸生「寂寞」的最大原因。

愛廸生的歷史地位遠較傅樂崇高，愛廸生的大名家喻戶曉，可是有多少人聽說過傅樂，這位立志以科技救人的獨行俠呢？

更重要地，傳樂的三項能使世界改觀的發明，何時才能受重視，被廣泛採用呢？

這就是人生吧。

原載民國七十七年七月二十五及二十六日《中央日報・副刊》

後記

此文成於一九八八年夏初，那時美國化學家已發現，火焰中黑烟含有許多由六十個原子形成的碳分子，其結構竟與傳樂圓頂屋的設計相同，乃命名此一結構的碳分子為傳樂碳分子(fullerene)。

此後，天文學家研究星雲光譜，發現太空中也有相同結構的分子。接著，科學界又陸續發現，將大量傳樂碳分子凝成固態，能發生高溫超導現象；未結成固態如黑粉的傳樂碳分子，竟為較油質性能更佳的滑潤劑；醫學界亦積極研究，利用傳樂碳分子增進藥物的吸收。

六十個原子組成的碳分子成球形，科學界因此稱此球形結構為柏基球(bucky ball)，柏基球的研究如今已成橫跨物理、化學、天文、及醫學等界的新興熱門學問。

想當年傅樂設計圓頂屋，原意僅為發明既堅固又省材料的構造，竟種瓜得豆，創造了與大自然界無所不在的球形碳分子相同的結構，對人類做了前無古人，後無來者的貢獻。

胸懷聖賢之志，畢生以造福人類為己任的傅樂，終於較前不寂寞了。

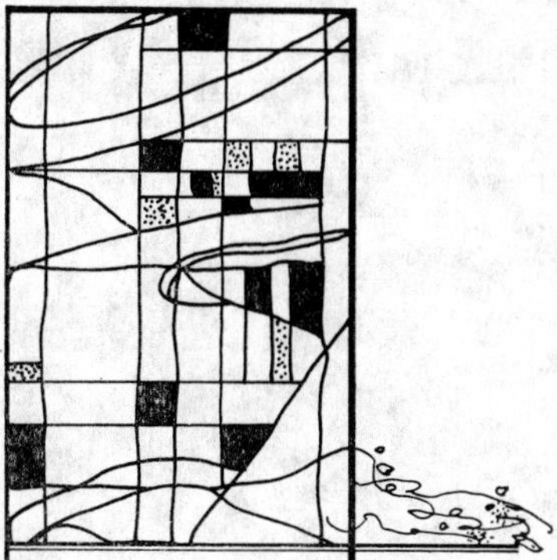

小說篇

鵝肝凍

派對訂在春季開學後的第三個星期六。八個每週同做習題，共患難的伙伴，自大一入柏克萊，開始選修這門長達五學季的課程，歷經艱辛，終於功德圓滿，決定好生慶祝一番。八人中小芙的公寓地點適中，是大夥兒溫習功課的聚會基地，派對場所自然是「老地方」。

這門課在大一開始共八十人，一學季後被教授大刀闊斧刷去一半，以後又陸續轉進來數人，以致大二冬季課程結束時，除這八人讀書小組外，只剩下不到三十人。這二十餘人自然都在被請之列。規定每人可攜伴一、二名，派對聲勢夠浩大的了。前後教這門課的四位教授及四名助教亦分別接受邀請，應允屆時攜伴光臨。

主人都是窮學生，請客時早已說明賓客須自備食物或飲料，只有教授們例外。春季開學後，八個發起人忙著籌備。史坦是爆玉米花的能手，一時慷慨，答應做兩大紙袋玉米花饗客，比爾貢獻他的「絕活」：小餅乾上塗花生醬，麥克負責供應炸洋芋片及一打啤酒，鮑勃買乾酪，丹尼斯帶熱狗，布爾特愛吃甜食，計劃自製大批巧克力甜餅，小芙是華裔，難逃做油炸餛飩的命運……。大家討論得興高采烈，唯有皮埃愁眉苦臉，一言不發。

「你今天怎麼了？」小芙問他。

「我想來想去，想不出合適的東西。」

小芙覺得他未免小題大作：「隨便什麼吃的都行，一個小派對還能難倒你這法國人嗎？」

皮埃是法國狄榮（Dijon）人，狄榮以產芥末醬著名，從皮埃可知狄榮人對食極為注重。皮埃是工讀生，某次為了享受柏克萊最名貴的法國餐館班尼絲居的大餐，竟一日僅吃一餐，整整餓了兩星期。美國人大多數不注重口腹之慾，日常飲食極為簡單。八人讀書小組中只有皮埃和小芙二人講究吃的藝術，談起美食眉飛色舞，能聊上二、三小時不倦，使其餘六位老美感到不可思議。

小芙沒說錯，一個小派對的確難不倒皮埃。派對前十日他手舞足蹈地宣佈：「我知道該帶什麼來參加派對了，Pig by the Tail 的鵝肝凍！」

可憐幾個土包子，包括小芙在內，只知道肝凍（liver paté）是法國名餚。鵝肝凍，顧名思義，必然更為名貴。何況 Pig by the Tail 位於大名鼎鼎的核桃方場，是講究食品店，一群學生的派對能有如此一道身價高貴的鵝肝凍，頓時意義大不相同。

原來做肝凍也是一門學問，經皮埃細細道來，聽得大夥兒目瞪口呆。在主要材料雞肝、鴨肝、鵝肝、豬肝或小牛肝外，尚須加豬肉、小牛肉及肥油。亦可不用肝而用鴨肉、鮭魚肉或兎肉。其他配料及作料亦極有講究。燉爛後打碎混合，外面包以烤好的酥麵皮，放入枕頭麵包型或圓形容器，入烤箱以慢火烘烤……。

這還不算大功告成。據皮埃說，更重要的是，烤完必須儲存冰箱一日，才能「更爲入味」。食前一小時須從冰箱取出，令其逐漸達到室溫，此時肝凍的滋味才達到巔峰。派對上塗少許肝凍在法國麵包上，或正餐時第一道菜每人一片肝凍，佐以法國葡萄酒一杯。「啊……」皮埃閉眼長嘆，此味人間無雙！

「妳嘗過鵝肝凍沒有？Pig by the Tail 的鵝肝凍？」他鄭重其事地問小芙。

小芙搖頭。

其他人就更不必說了。

皮埃不勝惋惜，連連搖頭嘆息。沒有嘗過入口就化，Pig by the Tail 的鵝肝凍！這十九、二十年這些人是白活了。他深自慶幸想到了買鵝肝凍的主意，可以及時彌補這一大缺憾。

「Pig by the Tail 的鵝肝凍是全灣區首屈一指的呀，」他加強語氣地說。「連班尼絲居的鴨肉凍都比不上，啊，等你們嚐了便知此言不虛。」那一陣他便似乎生活在企盼之中。小芙受了他的感染，見了幾位較知己的女同學總不忘囑咐：「派對那天不要遲到啊，有皮埃從核桃方場買來的鵝肝凍呢！」

有了這一方名貴鵝肝凍壯聲勢，派對籌備至此進入密鑼緊鼓狀況：史坦決心不惜血本，在兩大袋爆玉米花上澆一層厚厚濃濃的黃糖漿，麥克開始感到炸洋芋片必須配上胡葱酸乳酪，才能收紅花綠葉之效，飽勃改變計劃，準備買進口乾酪，小芙暗想餛飩餡中該加半磅鮮蝦仁……。

星期六終於到了。八時正皮埃與兩位應邀好友會合，三人浩浩蕩蕩向班弗紐街出發。瘦削修長的皮埃邁著大步，左臂彎夾著兩條細長法國麵包，揑著一本數學書及裝了鵝肝凍的紙袋的右手一甩一甩地，被薄如蟬翼的白蠟紙鬆鬆但輕柔地裹住的一磅鵝肝凍便芳香四溢。皮埃想像眾人嚐了鵝肝凍後的驚嘆，簡直比自己齒頰留芳還要得意。

天公也特別作美，他最欣賞雨中漫步的情調，柏克萊四月並非陰雨季節，此時卻細雨霏霏，頗饒詩意。他深愛與一二知己大擺龍門陣，身傍的同伴正在談古論今，興緻高昂。他想：人生有不少稱心如意的時刻，今晚也是個小小高潮了。

三人邊走邊談，到達班弗紐街已八點三刻。派對早已開始，一房一廳的小公寓黑壓壓、鬧哄哄，站滿了人。皮埃好不容易擠進廚房，長桌上已琳瑯滿目，擺滿了食物飲料。小芙也正從人潮中擠過來，又笑又叫，迫不及待地伸手入紙袋。

電視轉播球賽，事後往往週到地將一些緊要鏡頭以慢動作再放映一遍。小芙伸手入紙袋後臉上錯愕、驚奇、繼之失望的表情竟也如慢動作影片一般，從此深印皮埃腦海，不易相忘。

不待小芙開口，他已一把將那白色薄紙袋奪回手中。可不是？在夏達各大街口還香味四溢，價值相當於他六天伙食費的鵝肝凍已不翼而飛，只留下濕紙袋底中間的破洞。

皮埃排開眾人，轉身便向外衝。小芙手快，抓住了他上裝一角，低聲勸道：「不用了，外面滿街野狗，找不回來的了。」

整晚他都嗒然如喪，連小芙做的炸餛飩也一口未嚐。

原載民國七十三年八月十二日美國《世界日報・副刊》

深邃的記憶

最初是記不清物件置放何處，不確定出門時有未加第二道鎖。似乎這類小事，做時不曾留意，事後便忘得一乾二淨。

她想，生活愈來愈緊張，難怪心不在焉，丟三忘四。

接著是從一間屋走進另一間，卻忘了目的何在。

她的朋友多較她年長，常聽他們自我解嘲：「年紀大了，記性不佳，忘性特佳。」一位森林系的老教授說，他每辛辛苦苦記住一個學生的姓名，便忘卻一棵樹的學名。她聽了大笑，笑畢又感悲哀，健忘雖是馬齒漸增的通病，她才四十餘歲的盛年，怎麼便如此不中用了呢？

逐漸地，分明很面善的人卻怎麼也記不起姓名了，究竟在何處見過，亦茫然無知。

有回在購物中心遇見一位女士，熱烈與她招呼。女士的面貌、神態、聲音都是她熟稔的，卻記不起是誰。她小心翼翼地應付，腦中不住慌亂地思索，怎麼亦挖掘不出謎底。兩人寒暄問好，言不及義地聊了數分鐘，竟如半小時那麼冗長，道別時她已緊張得滿頭大汗。女士的背影已消失，她猶兀自發楞，她的丈夫在身旁提醒她說：「聊得那樣興奮，也不替我介紹，在社交上這是極不禮貌的。」

她更感懊喪：「不記得姓名，叫我怎麼介紹？」

事後她竭力搜索記憶，仍無法憶起女士的芳名。幸而不久她卽舉家遷離F城，再也不曾遇見那位女士。

離去前，一位朋友爲他們餞行。席間談笑，提起此事。朋友的女兒悅玫是醫學院五年級高材生，聞言順口告訴她：「阿姨，妳患了阿茲海默症啦！」

悅玫下診斷時神情輕鬆，如同她母親方才勸他們多吃一塊鹽水鴨那麼平常，她聽了卻如遭雷殛。阿茲海默可是無藥可治的絕症！這是惡性老人癡呆症，患者由健忘、到喜怒無常、到不識家人、到不記得吞嚥食物而死亡，通常不出五年，亦可能短至一、二年。醫學研究者解剖死者腦部，發現腦細胞嚴重萎縮，腦中除水份外，可說空空如也。

太可怕了！她直覺的反應是拒絕相信——畢竟悅玫醫學院尚未畢業，又未作任何檢驗，怎能輕易判人死刑呢？然而對於阿茲海默症的恐懼，卻從此成爲她埋藏心底，揮之不去的陰影。

十二年歲月悠悠而逝，她的健忘症愈形嚴重，經常不得不紅著臉向冷冷提醒她「我們見過」的人一再道歉。辦理雜事做了這樣，忘了那樣。信用卡無緣無故地遺失了；鑰匙留在大門上忘了取下來……。

許是這類事發生得太頻繁了，對阿茲海默症的恐懼雖仍深植心底，她竟逐漸地接受了健忘的事實，學習隨「憶」而安，甚少為之煩惱了。

這回朋友的女兒趁開會之便來D市探望他們。十二年對悅玫的變化更大，她自醫學院畢業後行醫數年，已擔任了紐約一間醫院皮膚科副主任。三十五歲是女性風華正茂的年齡，加上事業得意，更顯得意氣風發，神采飛揚。

更難得地，她通情達理，不浮華自誇。午餐完畢，二人聊過去，談各自十二年來的經歷，渾然不覺代溝的存在。告別前忽然悅玫問她：

「妳還記得那個曾在我家住過一個夏季的法國女孩嗎？我似乎曾帶她去妳家玩過一個下午的。」

確有此事！但那已是恍若隔世，至少近廿年的舊事了。這些年從不曾憶及，也就似乎不復存在。然而不知怎地，經悅玫一提，她的腦海中便如混沌初開，清晰如昨地浮起那秀麗瘦削女孩的形象來。尤其是那對美麗的眸子，深棕晶亮，似乎滿盛對人生的憧憬。她急忙應道：

「當然記得！挺可愛的孩子。我還記得她是以交換學生身份來美的。」

「對，就是她！」悅玫興奮地說：「世界眞小。我們已失去聯繫多年，兩星期前，我居然在紐約遇見了她！」

原來悅玫參加音樂會，休息時間排隊買咖啡，站在前面的女子偶然回首，兩人四目相交，立刻認出了對方。

「我們已十九年不見，妳可以想像有多興奮，若不是有那麼多衣冠楚楚的紳士淑女在場，我想我們會和以前那樣抱著又笑又跳大叫一陣的！」

「她回里昂讀完高中便又來美國唸大學，和一個美國同學結了婚，現在兩人都當了外科醫生……。那晚去聽音樂也是偶然，是一位醫生同事患了感冒，將票讓給了他們。妳說巧不巧？否則紐約那麼大，我們雖是同行，也可能永遠碰不到。」

「太巧了！」她由衷爲二人的重逢高興，又止不住驚嘆：兩個天眞未鑿的女孩在她客廳鋼琴前併肩合奏，奏錯音符便嘰嘰咕咕笑個不停的鏡頭如在眼前，現在竟都是懸壺濟世的醫師了。那時誰想得到悅玫和……

「她叫什麼名字？」她問。

霎那間，悅玫的愉悅自信褪盡，神色懊喪。「我就是記不得了！她記得我的名字，還爲我向她丈夫介紹，我卻怎麼也記不起她的名字。……我眞窘死了！分手前她匆匆寫了電話號碼給我，可是我怎麼打電話給她呢？整整兩星期了，我希望自己能記起來，可是到現在還是一點影子都沒有！」

悅玫滔滔不絕地說，言者無心，她聽了卻怔住了。難道……？不可能！悅玫才三十五歲，怎會罹患阿茲海默症？

迎著悅玫熱切盼望她記得起來的眼神，她只能黯然搖頭。

揮別了悅玫，她緩步走回屋子。屋外小徑上，午後的秋陽將她的影子拉得長長地，空氣中已瀰漫著落葉的腐朽氣息。驀然，由那遙遠深邃的記憶中，塵封近廿年，方才她們二人思索良久而不可得的名字，竟鮮活地令她猝不及防地蹦了出來──妮寇兒！

妮寇兒，她輕輕唸著，一遍又一遍。多麼可愛的名字！

一時她竟樂得手舞足蹈起來。

原載民國八十年五月廿八日《中央日報・副刊》
民國八十二年六月一及二日《國際日報・副刊》轉載

圍爐

「來來來，我們還是這邊坐。秀侶的茶馬上就沏好了。這回要請你們嚐嚐我們帶回來的最好品種雲南普洱茶，只有友誼商店才買得到。說老實話，不是你們來，秀侶還捨不得用呢。」

何邁可擰開起坐室的壁燈。何家客廳的華麗是出了名的，但起坐室卻別有一番情調。靠北的牆有個大壁爐。雖然只是十月初，紐約的氣候已頗有秋意，熊熊的火正劈劈拍拍地燒著，給屋子裡憑添許多生趣。火光映照著對牆滿壁的書及一地柔軟暗紅的地氈，使人有滿足慵懶之感。客人們都是不拘形跡的熟朋友，或盤腿坐在地氈上，或陷身於寬寬厚厚的皮沙發中，再也不想站起來。

「怎麼樣？來點什麼飯後酒？我們回來時在飛機上買了兩瓶拿破崙白蘭地，二十五塊錢一瓶，還不上稅，比這裡便宜多了。還有希臘的 Ouzo，法國的 Dramboui 和 Cointreau。

女士們可以來點果汁甜酒吧?」

董滔在這一群人中最無酒量。剛才飯桌上的茅臺和紅白兩種法國葡萄酒已使他面孔發青，腳步亦有些飄飄然。但他仍是來者不拒，跟著邁可去酒櫃挑選。

「秀侶的菜眞是沒話說，款款精采，尤其是那道紅燒海參，入口就化。」盛慶林說時嘖嘖有聲。在座的人中他最講究食道，現在酒醉飯飽之餘尙不忘回味一番。

說到曹操，曹操就到。胡秀侶正捧著一大托盤的茶走進來，聞言笑吟吟道:「算了罷，我的這些粗菜怎麼比得上曼達的香酥鴨和核桃酪?我整天給老美們配窗簾，選地氈，週末在廚房切切弄弄不過是調劑調劑罷了。」

男士們看見女主人都站起來讓坐。何家夫婦在白原鎭一帶出名的好客，秀侶不但燒得一手好菜，且熱心能幹，很得人緣。他們是所謂「雙份收入」的家庭，邁可是一核能工程公司的資深工程師，秀侶則掛牌做室內裝飾設計師已有多年，生意原來不惡。近數年的「中國熱」，又使許多原來找別家設計師的美國富婆們，紛紛移樽就教。舉凡壁紙、牀罩、窗簾、地氈，無一不講究用中國格調，遂使秀侶門庭若市，有應接不暇之勢。白原鎭的中國人各有神通，經濟情況都不差，但像何氏夫婦能擁有六棟洋房(五棟出租)的家庭卻不多見。據說這次「回國」探親四星期，包括送親戚的冰箱、電視機、錄音機，及計算機等禮物，化了近兩萬美元，更令白原鎮的一些中國朋友欽羡不置。

最難得的是，雖然大家對何氏夫婦極爲尊重，邁可和秀侶仍是虛懷若谷，毫無驕矜之氣。尤其是秀侶，態度永遠是那麼豪爽自然，中國朋友找她設計佈置房屋，從不寄帳單，叫人打心眼裡感激。

普洱茶的確名不虛傳。客人們品嚐讚賞之餘，盛慶林太太王曼達首先湊趣問道：「秀侶，你們的幻燈片洗好了沒有？我們正急於一睹大陸的風光呢！」盛慶林則三句不離本行，希望知道邁可秀侶在大陸吃了什麼好菜。這位電子公司的小主管由於將東西兩方的美食兼收並蓄之故，腹部的肥肉早已蔓延過腰帶。曼達常取笑他婚前在印州大學唸書時，化在研究室的時間沒有在廚房裡多，他也頗以此自豪。

一提到大陸，邁可和秀侶的興緻就來了。邁可父母在臺，大陸的親戚數年來都未聯絡上，但秀侶的祖母及伯父母仍在南京，還有六個一塊兒長大的堂兄妹，都已三十年未見面。何氏夫婦在與他們團聚了五天後，並由堂弟堂妹陪同，去了北京、上海、杭州、昆明、桂林等地遊覽。邁可對北京的烤鴨、西湖醋魚，及昆明的過橋米線至今念念不忘。在上海時曾順便作了數次學術演講，接受了當地官員的熱烈招待。邁可認爲在上海的那一頓是「有生以來吃得最好的一餐」。

他以過來人的身份向朋友們提出忠告：「我們在廣州的招待所就是副總統孟代爾訪華的行館，設備一流。奉勸各位回國一定要堅持找國際旅行社，必要時用英文和他們吵，否則他們把你當普通華僑身份看待，交給中國旅行社，住沒有冷氣的房間，睡髒被單，可就慘啦！」在座的人想到一些不懂訣竅的人睡二等房的窩囊相，不禁好笑。

據邁可和秀侶解釋，中共把訪客分為三等：外賓住的是一等旅館，有冷氣設備，高級餐廳，海外華僑是二等，設備最差的給港澳僑胞。由於邁可回去講學，享受的是一等招待，使他們深感滿意。

除此以外，他們尚有一件意想不到的收穫。秀侶的祖母、伯父母及堂兄嫂一家四代，自文革以來擠在一間小屋子裡，實在不便。經秀侶向以一元半人民幣一小時僱來的嚮導提起，嚮導隨卽向上級反映，在短短兩星期中就配到一個三大間的公寓，並有廚廁設備。老人及全家的感激自不在話下，何氏夫婦對「政府」辦事效率之高及體恤人民的苦心也因此有了很深的了解，難怪兩人連呼此行不虛。

秀侶一向比邁可前進。也許是她的職業之故，旁人看到的明明是一幢破爛不堪的房子，她可以在想像中為它掛上窗簾，漆成悅目的色彩，添數盤綠葉扶疏的植物，佈置成舒適美麗的住所。今日的中國大陸固然貧窮落後，秀侶在腦海中為其塗塗抹抹，已可描繪成一幅光明美麗的遠景。

但她也不免感慨：「在國內看到自己的同胞在田地裡勞動，覺得好感動。中國人實在太窮太苦了。」

「究竟有十億張嘴嘛，能把他們一齊餵飽可不簡單，憑這一點就值得我們佩服。」盛慶林接著說道。

「是呀！誰像你負責餵飽二十幾個人就忙得人仰馬翻。」曼達忍不住要取笑丈夫。

眾人又是一陣哄笑。

大家都知道盛慶林去年爲了幫著招待來公司參觀的中共商業代表團，從準備工作到恭送如儀，整整忙了一個多月，體重減輕三磅。單從食的方面來說，代表團從西部來此，已吃了不少餐牛排麵包。盛慶林特地在紐約中國人圈子中最吃香的「一品鍋酒家」爲他們訂了三桌菜，爲了擬定菜單，就跑了五次。吃飯時更是席不暇暖，在廚房和餐廳兩邊穿梭般跑個不停，務必從第一道冷盤到最後的熱菜都件件使人滿意。

盛慶林王曼達的家都在臺灣，時常回去探親，因此當初公司指定他協助籌備此事時，著實曾使他爲難了一陣子。考慮再三，只得委婉說明處境。不料老闆說：「這有什麼關係？你是代表我們公司，完全是業務來往，並不牽涉政治。」他當然無法再推辭。事後他的辦事能力竟獲得了總經理的賞識，特別把他叫進他聞名已久過去無緣目睹的豪華辦公室，親自告知為他加薪，及明年年底去中國大陸接洽業務帶他同行的好消息。盛慶林平步青雲，喜得幾乎當總經理面吹口哨。

默坐一旁凝視壁爐火光的許伯元忽然開了口：「我想人多不是大陸糧食缺乏的主要原因。我最近看了一下統計數字，比較大陸和臺灣的面積和人口，發現臺灣人口的密度是大陸的四倍半。而臺灣從未發生過糧食缺乏的問題，沒有實行過食物配給制度，而且每年還大量輸出食物呢。」

許伯元的確有點與眾不同。他和董滔、何邁可都是臺大同屆同學。當年中學畢業，當別人都爭先恐後想考進最熱門的工學院時，許伯元是成功中學歷年最優秀學生之一，考電機系決無問題，卻選擇了冷門的地質系，與岩石地層為伍。他在第八宿舍的外號就是「不圓」。他來美取得博士學位後，在紐約一研究機構工作多年，四四方方的脾氣至今不改。有時大家在一起談得一團興緻時他就會這麼冷冷地來一句，弄得人下不了臺。大夥兒知道他是書獃子本色，從來不和他計較。

這五對夫婦在紐約市北部的白原鎮落戶，有的已有十餘年歷史，資格最淺的也來此安居樂業了近十年。除了外科醫生王祖承是一九四九年從大陸直接來美的外，其餘都是臺灣各大學的畢業生。彼此背景相似，格外知己。平日休戚與共，守望相助，每逢年節，則聚在一起吃吃喝喝聊聊，稍解去國的鄉愁。多年來大家爲生活奔忙，對政治並不熱衷，但自從尼克森宣佈訪問中國大陸，緊接著中共進入聯合國，所謂世界第一強國與世界人口居首位的兩國，從互送秋波，到陳倉暗渡，到關係正式化，白原鎮的中國人眼觀國際局勢的劇變，心情也開始起了微妙的轉變。

其中變得最快，最激烈，也最令人吃驚的是董滔。董滔出身於富裕的家庭，父親在大陸是叱咤風雲的將軍，董滔又無兄弟姐妹，集父母寵愛於一身，童年時確實過了不少好日子。但不知是否太嬌生慣養了，董滔竟長得瘦小靦腆，體弱多病。加之經常晚間偷偷用手電筒照明，躲在被窩中看武俠小說，又使他得了深度近視。戴起厚玻璃眼鏡更使他看來怔怔忡忡，和雄偉豪爽的父親成了兩個截然不同的典型。

董將軍自政府遷臺後即賦閒在家。眼看由獨子繼承衣鉢的希望落了空，在極端失望之餘，把一腔關愛化作冷嘲熱諷。

董滔默默地唸完臺大歷史系，又默默地獲得了紐約大學的遠東史博士學位，在紐約市立大學獲得一教職。由於他個性過於內向，不善應對，工作並不得意。多年苦讀的結果，換來的只是個鐵飯碗。董滔希望擁有的是榮譽和地位。眼看學問不如他，工作亦不及他努力的美國同事們都一級級順利地爬上去了,不免使他憤世嫉俗起來。正因爲政府不爭氣,退守臺灣,而臺灣地窄人稠,他才必須離鄉背井來美國求生,也正因爲他是中國人,所以處處吃虧,無法與美國人競爭。他渴望自己國家能提高國際聲望,好讓他在黃髮碧眼的美國人中揚眉吐氣。

尼克森及福特的相繼訪華,謁見「毛主席」,對他是一大衝擊。從滿口鄙夷「美國帝國主義」到「高舉『毛主席』革命思想的紅旗」,在董滔的心路歷程上不過是一、二年的事,他已不稀罕與美國人一爭短長,而專心一志「爲中國廣大群眾服務」,爲他的「理想」而努力了。

和董滔相比,邁可認爲自己實在不能算左。早在上海讀中學時,他就看到一些職業學生在幕後鼓動許多天眞無知的同學貼壁報,鬧罷課。事情鬧大了,被開除的永遠是那些受人利用的傻瓜,眞禍首卻安然無事。他的同座好友就因此把學業毀了,邁可看清了這些人的手段,對他們總是敬而遠之。

在臺灣讀書時,稱大陸爲「匪區」,共幹爲「匪幹」,下意識認爲他們個個都是面目可憎,像河北鄉下的土匪一般。近幾年來看到美國上至總統,下至小記者,對中共都是敬禮有加,他不得不對大陸政權重新估價了。

數年前,邁可和秀侶去巴黎度假,住在一個老友家,正逢中共大使館大開酒會,遍請學人僑領，他們的朋友亦在被請之列，邀他們同去開開眼界。邁可本來堅持不參加，但不願被認爲是大保守派，對中共有偏見，又禁不住秀侶的慫恿，終於去了。使他們非常意外的是，宴會上中共官員個個笑容可掬，殷殷垂詢他的生活及工作情形，邀請他回國講學，並紛紛給他和秀侶拿點心，遞葡萄酒，勸他們「多吃點」，使他感到過去自己態度過於偏激。人心究竟是肉做的，人家和你素昧平生，卻對你關懷得無微不至，你還能怒目相向嗎？

這次秀侶回國探親，他亦順便去講學，雖然在臺灣的父母很不諒解，邁可覺得問心無愧。正如秀侶所說，「中國人這許多年來太苦了。我們以海外學人身份去爲他們做點事，只是希望大陸四個現代化能早點成功，十億同胞的生活可以改善，和什麼政權沒有關係。」

邁可認爲自己是個相當把持得住的人。他早已年逾不惑，在美國住了近四分之一世紀，入籍也已有十餘年了，對人對事一向冷靜客觀。並且他是搞科學的，在政治上應該保持超然立場，爲中國人民盡心力，出發點是「同胞愛」，民族感情，這一點有許多人無法了解。五個月前他的三弟德可從辛辛那提來紐約開會，在邁可家住了一晚，對他的態度大不以爲然，兩人爲此事爭得臉紅耳赤。

最後他爲了息事寧人起見，就把秀侶的話說了一遍，並且自嘲地說：「我們都是研究科學的，應該比較實際。政治上我保持中立，但是身爲中國人，我應該爲人民做點事，開了頭再說，走一步算一步，我不去計較它什麼共產主義。」

德可竟譏笑他：「你怎能不辨方向就起步？你住在白原鎮，想去紐約，如果朝北走，怎麼到得了紐約？你想爲中國人做事，實際上受了利用，爲中共政府長聲勢，爲虎作倀，你還說與政治無干，這是自欺欺人之談！」

自從那次不歡而散後，兄弟間就沒有來往，有幾次他拿起電話，想到德可說「爲虎作倀」「自欺欺人」時的神情，就再也提不起興緻撥那個他已記熟的號碼。一直到現在他想起那晚的情景，心都抽得緊緊地。

雖然他覺得自己站在超然立場，沒有做任何對不起人的事，可是許伯元提到臺灣，邁可仍感到一種說不出的不自在。他站起身來，在壁爐內添上兩根木柴，打了個哈哈：「老許倒底是個地質學家，連閒談都這麼一板一眼，像宣讀論文似的。不過我要說一句。這兩個情形不太相同，臺灣能餵飽這許多人是因爲有美援，大陸可全是靠自己呀！」

「不對吧？臺灣已經有十四年沒有美援了。我記得美援停止是一九六五年，在我出國前。」宋明珍說。她是學外文的，大學畢業後在美援會做過兩年祕書。她和王祖承這一對是老好人，信教十分虔誠，最不願捲入是非，有人爭論政治時他們更是三緘其口，但邁可提到美援，她不得不出來說句話。

「美援停止後，臺灣的經濟繼續發達，現在一年對外貿易總額近兩百億美元。」許伯元得理不讓人，又釘上一句。

許伯元雖有事實作後盾，在談話上佔了上風，心情卻越發低落。他感覺他和約蕾在這十人小團體中已逐漸成了不受歡迎的少數。約蕾早知今天宴會會變成什麼局面，本想找個藉口不參加，但他還是堅持要來。許伯元口中不肯承認，心裡確實存了一線希望，他雖是學科學的，卻很講究緣份。這夥人和他雖然個性和觀點不同，邁可及董滔卻都是臺大第八宿舍互穿襯衫共過貧窮日子的朋友，在海外這許多年又生活在一起，孩子們也玩在一道。和他們溜自行車，搶一包花生米吃的遙遠時代固然早已一去不復返，他仍希望能保持一個「立場各異，友誼常青」的局面。但以今日的情勢看來，只怕今後知友相聚，把酒談心的機會已不多了。

他還記得數星期前和約蕾參加一個晚宴，席間一位衣著講究，虎背熊腰的女士對「社會主義的新中國」仰慕之情溢於言表，對於他所說的事實一句都聽不進去，最後用一雙又藍又冷的眼睛瞪他，目光有如兩支冰柱。臨別時更不禮貌地用背對著他們，表示不屑答理。許伯元了解美國人現實及愛趕時髦的心理，尚能見怪不怪，可是他的這些朋友呢？壁爐中的火燒得正旺，他卻感到一陣陣寒意。

邁可兩次說話，都被許伯元駁了回去，連一向和夏約蕾最為莫逆的曼達也看不下去了，「你老說臺灣經濟繁榮，臺灣也只有個經濟繁榮，政治可實在不怎麼樣。」

「在一個國家來說，政治是經，經濟是緯，沒有一個良好健全的政治制度，經濟是無法發達的。在中外歷史上找不到一個政治腐敗而經濟繁榮的例子。國家進步，政治、經濟、教育、文化、社會都須配合並進，缺一不可。小董，你也是學歷史的，你說對不對？」約蕾轉身向董滔，態度雖很溫和，卻有一些挑戰的意味。

董滔勉強應了一聲後，便繼續保持沈默。他拿著酒杯的手微微震動，臉色似乎青中泛白。

盛慶林看著心中大為不忍，趕快為董滔解圍：「伯元兄，約蕾，拿大陸和臺灣比實在不公平。大陸在目前經濟上當然比不上臺灣，因為它的制度太新了。無論什麼制度在開始實行時總不免遭遇到許多意想不到的困難，就好像一雙新鞋剛穿上時有點扎腳一樣。但是用歷史的眼光來看，三十年算個什麼？三百年，一千年也不過是一刹那而已。現在就為共產主義蓋棺論定也未免太早了吧？」

盛慶林一向自負聰明，現在用歷史的論點來為一個學歷史的人解圍，同時堵另一個學歷史的人的嘴，自已也感到是神來之筆，不禁暗暗得意，一雙腿也左右搖幌起來。

腹中裝滿了紅燒海參和拿破崙白蘭地，等上個三十年當然無所謂，夏約蕾憤憤的想，心情也開始激動。她努力抑制自己，將一朵微笑釘在唇邊：

「大陸的制度已實行了三十年，三十年的時間實在不算短，一個嬰兒從呱呱墜地，到今天也已而立之年了。蘇聯實行共產制度已有六十餘年，至今還沒有民主自由可言。一雙新鞋頭三天扎腳沒有關係，三個月後仍扎腳，這雙鞋就有問題了。再說，三十年，甚至三百年，在歷史上來說的確不算長，但對那些下放黑龍江的青年，關在勞改營的囚犯，及千千萬萬被指爲右派，每天被綁上街遊行毆打的人，以及那些被莫須有罪名處死的人，他們一生中有幾個三十年呢？」

董滔雙眉緊皺，一語不發。王祖承挪動他陷在厚皮沙發中的身子。他沒有注意到宋明珍已經如坐針氈，正不斷向他遞眼色，想早早告辭回家。

約蕾正暗恨自己說話不夠婉轉，秀侶已將話頭接了過去：

「你說的話不是沒有道理，但是政治是不擇手段的，不能感情用事。大時代中不免有人被犧牲，這是免不了的。」她語氣中帶著一絲惋惜。

原來是「犧牲小我，完成大我」。尤其「小我」是他人的情形下，更可以不惜犧牲。約蕾不知如何記起六月間美國鬧油荒，紐約所有加油站都提早關門，營業的有限時間內則汽車大排長龍。秀侶的冷氣、音響，各種自動一應俱全的林肯大轎車，每九哩吃油一加侖。爲了探望在哈佛大學讀暑期學校的愛子，並替他送點菜去，跑一來回便是四百餘哩。有幾次加不成油，幾乎拋錨，爲此何氏夫婦曾大爲抱怨。

「何況，」秀侶話頭一轉，「你說的這些情形多半都已過去了，這次我們回去就看到大陸上這幾年來開放了許多。國家和人一樣，總有犯錯誤的時候，知過能改就好，你何必老要提文化大革命的舊帳呢？」

秀侶的手最富表情，那麼輕輕一揚，似乎文革的種種都隨之煙消雲散，一筆勾銷。約蕾腦海中浮起兩星期前一位大陸來的老教授的一聲嘆息：「知識份子的三代都給毀了呀！」那位教授是英國留學生，文革時被送去「五七幹校」勞動了七年。他這一代一生學而不能致用，已垂垂老矣；文革時全國學校停課近十年，千萬青年被下放，至今無受教育的機會；第二代不學無術，因之缺乏教育第三代的師資。約蕾還記得他滿頭華髮，一口假牙，說「作孽呀」的神情，不知他如今天在場，對秀侶的豁達襟懷會作何感想？

壁爐裡最上層的一根大木柴燒了一半架空了，向下滑落，大團火花濺在厚厚的壁爐玻璃門上，了無聲息。

許伯元問道：「你們說既往不究，那麼將來呢？你們認爲像四人幫、文革這種問題將來還會不會發生？」

「絕不可能發生了，」邁可說得很堅決。「文化大革命把人民搞得慘透了，人民絕不會容許這種情形重演，大家受不了了嘛！」

「可是當初鬧文革時也沒人預先徵求過老百姓的同意呀，老百姓過去不能，將來又有什麼力量來阻止這種情形重演呢？」

「Timothy，」邁可一急就必須以英語表達思想了：「他們都說絕對不可能。」

「『他們』是誰呀？」約蕾不免好奇。

「『他們』是我在國內接觸的人。」何邁可鄭重其事的解釋，並將「國內」二字加重語氣，像開導一個不懂事的孩子一般。「我所接觸的都是三級教授以上的人物和高級官員。」

「據我看，所謂『不會再發生四人幫和文革』只是大陸一般人的希望，而希望與現實間有一大段距離。大陸是在極權統治之下，導致文革的因素過去存在，現在仍存在。目前的情形固然比過去開放，但人民對民主自由對改善生活的渴望不能淺嚐即止，開放到一個程度便會與共產制度的本質相抵觸，到那時，爲了鞏固自己的權力，爲了維持現有制度於不墜，統治者勢必大大鎮壓。

「就拿這兩年的『開放』來說，過去每個人一開口就必須背《毛語錄》，現在一開口就罵四人幫，內容不同，是因爲黨的路線改了。開放歸開放，鄧小平提倡四個現代化就沒人敢說三個半或五個現代化。其實國家要現代化，必須是全面的，不應僅限於科技等四項而已。最基本的，要求進步，思想必須現代化，而大陸三十年來不斷地搞政治運動，每個人戰戰兢兢，最怕思想有偏差，招來大禍。不能獨立思考，不敢有創見，只可做應聲蟲，而上面做政策決定時仍是政治領導一切，在這樣的情形下搞現代化豈非緣木求魚？」

許伯元自知不是外向有口才的人，最怕在公共場合發言，高二那年被選代表全班參加全校演講比賽，臨場抽到的題目竟是「忠勇爲愛國之本」，只好不知所云，胡扯一通，好不容易鈴聲響起，才倉促鞠躬下臺。眼見其他選手拿到類似的八股題都能慷慨激昂，口若懸河，他的失敗感至今記憶猶新。此時不知何處來的一股力量，居然得心應口，他自己的驚愕不下於在座其他的人。同時他也想到，他們不愉快的成份恐怕更大於驚奇。

「今天我要講個明白。」他對自己說。

「照你這麼說，大陸的現代化沒指望了，那麼你叫中國的十億人吃什麼？」盛慶林陰陽怪氣地反問。

好傢伙，許伯元暗自心驚，十億人沒飯吃，不怪毛澤東，不怪共產主義，不怪革命路線，卻怪到我的頭上來了。

「這你該去問華國鋒、鄧小平呀！」

「老許，不是我說你，」邁可勉強壓下他的不快，「你的毛病是太消極。大陸上的十億同胞這許多年來實在太苦了，我們這些在海外的知識份子怎忍袖手旁觀？我們應該盡點心力，有什麼意見也應該向當局反映。我在那裡時都是直話直說，他們也很能虛心接受。你光是在這兒吵這樣不對，那樣不對，一味指責，算個什麼態度？」

許伯元終於懂得其中奧妙了，他如果同意「大陸情形一片大好」的說法便罷，如不同意，就更應該爲苦難中的中國人民貢獻心力──否則一點民族情感全無，置嗷嗷待哺的同胞於不顧，豈不成了衣冠禽獸？邁可何時學得此「殊途同歸」的辯證法？許伯元不得不對他刮目相看了。

「我的態度眞是太消極嗎？」許伯元不禁自問。二十餘年來埋首於地質學，過去他的政治意識的確相當淡薄。在學校時，軍訓和三民主義等課程只是勉強及格；出國後對政治亦無特別研究，所知只是報章雜誌所報導的一鱗半爪。數年前去柏林開會，爲了好奇去東柏林參觀了一天，東柏林境內一片蕭條，和西柏林的繁華形成鮮明對比。著名的「柏林牆」守望臺上東德士兵機關槍實彈，如臨大敵。許伯元參觀時正値東德政府化了數百萬美元的巨資來加強邊境「安全」之後，柏林牆加高了，邊境數里土地挖深塡入細沙，使逃亡的人無法快步飛奔，並加了許多電網、地雷、和惡狗。許伯元看著這殺氣騰騰的邊境不禁產生了一個疑問：一個號稱「人民共和國」的國家，卻須處心積慮，用種種殘酷手段，將人民關在境內，以防止他們大批逃亡，這種國家，這種制度，大概總有什麼地方不對勁？

爲了對共產執政者主義至上，視人民爲芻狗的作風作無言的抗議，也爲了不冒瀆無數死於邊界的中華寃魂，他至此下定決心，只要這些禁制存在一日，他就不越過深圳涉足大陸。「國家」「主義」本是空洞的名詞，到了邊境就成了血淋淋的事實。政治不是時裝，不能盲目地跟著他人崇尚新奇，趕時髦。這也許就是邁可所謂的「消極」吧？

許伯元反觀他的這些自命「積極」的朋友，不由得不佩服他們積極得恰到好處，沒有一個積極到放棄一切回國去和同胞共甘苦的程度。他們捏緊了用努力和才智獲得的美國公民證，物質生活上不妨向美國人看齊，精神上卻勝他一籌，保持崇高，不屑資本主義，關懷國家民族。有的不時還挾洋學位以自重，以海外學人的身份回國作蜻蜓點水式的逗留，飽享衣錦還鄉之樂。回美後暢談大陸見聞，再繼續爲十億同胞貢獻心力。和他們相比，自己可是眞的太不夠積極了。

「好，我聽你話改過自新，從此不再消極。」他對何邁可半認眞，半開玩笑地說。「我現在就有一個意見，想向『華總理』反映，請你轉達，大陸如想實行現代化，有一條捷徑：

廢除共產制度，和臺灣合作，讓人民按照各人的能力自由發展，我敢保險不出一年，情況就大不相同。」

邁可把酒杯重重地放在桌上，把眾人嚇得面面相覷。宋明珍本來已站起身，想找機會向主人道謝告辭，又嚇得坐了下去。

「這種事也可以亂開玩笑的嗎？老實說——」邁可的話開始一個字一個字地從齒縫裡迸出來，好像希望將口腔變成槍膛，每個字化爲一粒子彈，給對方帶來最大的傷害。許伯元和他相交近三十年，包括同寢室四載，兩人從未紅過臉，不知他性情何時變得如此暴躁。

「……老實說，我不了解你，你在美國住了這麼多年，頭腦還是如此關閉，頑固，看事如此主觀，眞不知道你是怎麼唸科學的？你對共產制度了解了多少？你憑什麼把它說得一無是處？」

許伯元沒有經歷過這種場面，頓時感到手足無措。窘迫中他想到西方寓言中那個指出皇帝未穿衣服的孩子，他的心情是否像自己一般尷尬、孤立？

究竟大家都是在美國躭了二十餘年的人了，他深知邁可這幾句話的份量。美國立國雖僅二百多年，由於科技發達，文化上又多多少少繼承了一些英國的道統，是頗以其爲文明大國而自豪的。文明人遇事講究冷靜思考，不衝動，不主觀，善作多面的分析，樂於接納他人的意見，卽使有意見相左之時，也能努力了解對方的觀點。譬如說，對於一個惡跡昭彰的殺人犯，必須爲他找理由辯解，如童年時家庭教育欠佳啦，犯罪是一時受刺激啦，以示自己客觀無偏見。明明太太烹飪技術太差，每天吃熱狗和白水煮青豆，決不能拍桌子，把她的菜罵得一錢不値。還得絞盡腦汁，揀點好聽的說，「親愛的，你今天做的洋芋泥味道眞不錯。」以示客觀及文明人彬彬有禮的風度。因此說一個受過高等教育的人別的不打緊，說他不客觀，就如同罵他不文明，與原始蠻荒部落中的土番無異。

許伯元自知被打中了要害，因爲他近數年來遍閱報章雜誌書籍，各方面的消息都一律拜讀，始終不知共產制度的優點何在，想必是如邁可所說，得了那比痲瘋更見不得人的主觀病啦。可是轉念一想，邁可和許多其他積極人士對於大陸所行共產制度的缺點一概視若無睹，或認爲不重要，似乎也很主觀。究竟誰客觀誰主觀，許伯元爲了避免再犯不客觀的錯誤，不敢遽下定論。

秀侶眼見許伯元表情僵硬，急忙出來圓場：

「邁可，你今天是怎麼了？酒喝多啦？我們討論歸討論，不可以動意氣。何況伯元並沒有說共產制度一無是處，起碼，他也一定同意他們的理想是美好的，不像資本主義社會中貧富越來越懸殊。伯元，你說對不對？」

她用淺笑撫慰許伯元的情緒，緩和了劍拔弩張的局面。邁可見太太這麼說，就不作聲了，但臉色仍是悻悻地。

許伯元掃視了眾人一眼，不禁生了許多感慨。這許多人，除王祖承外，都是從臺灣來的。如果不是由於在臺灣受了高等教育，怎能來美繼續深造，而有今日？如果當初留在大陸，早成了被打倒的黑五類，是何情景？而現在卻有不少人棄臺灣若敝屣，去做「識時務」的「俊傑」了。他掏出手帕抹了一下頸際的冷汗，決定作最後的努力。

「熟朋友嘛，」他勉力報秀侶一個微笑，「大家開誠佈公才好，有話藏在心裡多難受。你說共產制度的理想美好，我同意。不過所有的制度其理想都是美好的，資本主義社會中貧富懸殊並非它的理想，而是實行時出現的問題。世界上至今沒有一個完美的制度，資本主義實行時的確問題甚多，而共產主義的問題更多。我們看一個制度時，不能僅看它的理想，應該看它是否適合人性，是否有實現理想的可能，以及實行時所用的方法。

「邁可說我對共產制度沒有太大的了解，我覺得了解一個制度不一定要熟讀它的教條，觀察它的實行過程更重要。就大陸來說，這許多年來生產力銳減，經濟沒有進步，除了少數特權階級外，絕大多數的人都生活在最低水準下，成了均窮制度，與它的理想適得其反。「共產制度另一個理想是無階級社會，人人平等，但事實上大陸仍有階級的存在，統治者與被統治者無法平等。就以抽煙這件小事來說，『毛主席』和他的高級共幹吸熊貓牌，中級官員吸中華牌，下級吸長城牌。坐火車有軟臥、硬臥、硬座之分。邁可方才也說旅館餐廳也有許多等級，不是適當身份的人不得越雷池一步，這種門禁森嚴的階級制度比三十年前有過之而無不及。

「至於他們的革命理想更是反覆無常，隨執政者一言而定。文革時的紅衞兵是革命英雄，現在被下放做苦工。當年在天安門前爲『周總理』獻花的都是反革命份子，捕殺不誤，過了幾年竟變爲革命鬥士。沒死的如魏京生、傅月華，現在又變成反革命份子，這樣的翻覆無常，人民動輒得咎，只求自保，哪裡還有革命理想可言？

「爲了共產制度所謂的理想，人民的犧牲實在太大了，而犧牲了這許多年，理想和現實的距離沒有近上一丁點，使我懷疑這所謂理想很可能是共產主義用來欺騙人民的口號。

「當然，我們都沒有吃過爲這個理想而犧牲的苦頭，要喜歡這個理想不難，可是在共產制度現實下生活的人，對它的理想也許就有不同的評價了。」

許伯元唯恐被打斷，最後這幾句話幾乎是一口氣說的，說完大喘一口氣。轉過頭來，他接觸到約蕾溫暖鼓舞的目光，王祖承不自覺地微微頷首。邁可又要開口，卻被秀侶攔住了，她冷冷地說：

「我對你的話不能同意，我知道，不僅邁可，今天在座大多數人都和我有同感。但是我們今天不用再辯論了，難得見面，什麼不好聊，幹嘛一定要談這煞風景的政治？」秀侶的語氣斬釘截鐵，沒有一點商榷的餘地。

奇怪的是，越想避免談論政治，政治卻忽然像空氣一般，無所不在。平日這群人聚在一起，談談笑笑，好不熱鬧，如今有了禁忌，竟搜索枯腸，一時找不到適當的話題，大家意興闌珊，有一搭沒一搭地聊了幾句就無話可說了。

壁爐中的木柴已燒成紅炭，正努力發出光熱，壺中殘茶早已涼透，宋明珍領先起身向主人道謝告辭。

門外夜已深。

原載香港《中報月刊》第六期（一九八〇年七月號）

權威教授

佛蘭克・菲畢恩自己明白：如果讓西伊利諾大學化學系教職員及學生，推舉全系最有聲望、也最值得羨慕的教授，當選的將不是系主任而是他。

正教授十載，西伊大無機化學權威的頭銜當之無愧，爲系主任及院長所倚重；又極得人緣，深受全系同仁及學生的愛戴。

家庭異常美滿，在這離婚率高達百分之三十五的時代，教授鬧婚變已屢見不鮮，但他與約瑟芬不久前慶祝了結婚廿一週年。約瑟芬不僅風華依舊，對他的崇拜亦一如往昔，不知羨煞多少太太滿口女權的同事。

羅勃便常向他的另一半咕噥：「你眞該多向約瑟芬學習！」

他也養生有道，四十五歲了，正是精力旺盛的壯年，打兩小時手球，每天中午一小時代替午餐的慢跑，都能面不紅、氣不喘，令手下比他年輕廿餘歲的研究生都自嘆弗如。由於勤於運動及注意飲食，他身高一八八公分的昂藏之軀，至今仍保持學生時代的體重，使許多腰圍漸寬的同事既羨且妒。

原以爲人生至此已如康莊大道，目力所極全是坦途。卻沒料到它竟如璀璨晶亮的肥皂泡，不堪一觸。而最使他感到意外也難以忍受的是：作這種殘酷無情一擊的，竟是一個微不足道的助理教授，一個東方人！

說來也夠諷刺，四年前，化學系決定僱一名年輕助理教授時，經過他多次力爭，無機化學組才得到了這名額。從七十餘名申請人中，挑選了三名，先後來校面談及各作一場學術講演，趙卽爲其中之一。事後系主任及多數教授都屬意加州理工學院超博士坎利，坎利能說善道，一望可知是個精明厲害的角色，而他卻看中了這個中國人。

教授會議上，當許多同事紛紛讚揚坎利對學術熱誠及應對得體時，他單槍匹馬地爲趙承彬仗義執言：

「別看他木訥寡言，他的學問可實實在在。」

系主任對他素來言聽計從，這回不知爲何大不以爲然，右眉毛吊得高高的，遠看似乎是個大問號，冷冷地提醒他：「學問雖好，不善於表達又有甚麼用？語言能力對教書的人太重要了。」

他卻不願放棄：「這話固然有理，但教學能力並非與生俱來，大半得之經驗。我深信，假以時日，趙博士在教學、研究雙方，都將有傑出表現！」

他的話起了一些作用，投票結果，坎利雖高居首位，趙承彬也沒有敬陪末座，得了第二名。

坎利的確精明，得到西伊大的聘請後遲遲不決，討價還價講條件三個月後，竟接受了東部某大學的教職。趙承彬便如他所願，補上了缺。

趙來西伊大後，不久便證實了當初他對這青年人的好感沒錯，甚至可說是別具慧眼。他和約瑟芬深喜東方人的謙恭有禮，黑髮黑眼中國孩子的乖巧可人，兩人對趙太太的香噴噴的蝦仁炒飯和炸排骨，更是讚不絕口……。

他捫心自問，趙承彬對自己固然恭謹有加，唯自己的馬首是瞻，他對趙也相當體恤提攜。他樂於指點趙教學上的難題與人事上的困惑。系中有許多教授慣於以貌取人，與這位性格內向，不善言辭的年輕東方人交談幾句，便輕率地判斷他不值得交往，而有意無意流露白種人的優越感，他卻自傲自己沒有偏見。

回溯以往，他是如何熱誠地以行動表示學術無國界，不和其他教授一般見識！

他的估計完全正確：趙的學問紮實。但這個面黃肌瘦，貌不出眾的中國人，幹勁如此之大，卻爲他始料所未及。通常須費時兩年，裝置全套實驗器材的浩大工程，趙承彬竟在短短一年中完成了，接著便開始日以繼夜地做實驗。這三年來趙承彬的論文更源源不絕，數量早已趕上了他。

雖非出於妒忌心理，他兩個月前曾私自計算：自己手下一名超博士，五名研究生，去年共出了六篇論文。趙沒有超博士，只有兩名學生，卻出了十篇。留著一頭不服貼的黑髮，終年著皺襯衫及鬆鬆垮垮西裝褲的趙承彬，彷彿變成了一架製造論文的機器。如此速度，今年趙某的論文總數很可能是他的一倍了。

當然，趙之所以如此多產，一大部份佔了人微言輕的便宜，系中所有政治糾紛可以不聞不問——即使聞問，他又懂得什麼？——專心一志埋首做研究。相形之下，自己身爲資深正教授、西伊大無機化學權威、系內許多重要小組會議的主席或成員，又時常代表化學系，參加文理學院及研究院的種種會議。平日上班時間，已分割得支離破碎，再遇到系中時常發生的政治紛爭，他的辦公室便門庭若市。有人來打探消息、有人訴苦抱怨、有人鼓吹他改變立場，一天時間佔得滿滿地。

約瑟芬和他都熱心公益。身爲大學城的中堅份子，舉凡市政、教堂事務、合唱、業餘戲劇，他們都踴躍參與。由於人緣佳，社交上又極爲活躍，週末及夜晚也很少空閒。

好不容易有一個沒有活動的晚間，飯後能有一段較無人干擾的時間，掙扎回學校，進了實驗室卻無法集中心神，思考問題，白日的人事紛爭紛至沓來腦際，不禁廢然長嘆：「做研究眞是個苦事啊！還是先寫兩個備忘錄，研究一事明日再開始吧！」

可是每當夜深，他準備回家，路過趙承彬的實驗室時，總能見到趙仍在挺有情緒地忙著，臉上掛著似有若無的笑容。

趙做得那麼興緻盎然，那麼專注，活像個拿到了心愛新玩具的孩子。是什麼使他每週七天，不舍晝夜地工作還那麼興緻勃勃呢？那就是所謂的研究樂趣吧？這種浸淫其中，渾然忘我的研究樂趣，自己過去也曾有過的吧？是何時失落的呢？走下樓時，他感到一絲悵惘，三分妒意。

某晚一個意外的發現，使他不禁在趙的實驗室門旁駐足不前了。他何嘗有過這樣的研究樂趣?!那是自欺欺人之談啊！年輕時爲了出人頭地做研究、以後爲了升級加薪做研究、爲了爭奪一系無機化學權威的地位做研究，甚至爲了鞏固權威地位而做研究。不斷地鞭策自己，無數日夜的掙扎奮鬥，才得到了今日，而這美好的時刻卻如此短暫。他以爲這中國人忠厚可靠，卻沒料到他恩將仇報，心懷叵測，正處心積慮地想取自己的地位而代之！

「該回家了，趙。」

一開口聲音如此凌厲，連他自己都吃了一驚。

「嗯？」趙愕然抬頭，待看清楚是他時，方口齒含糊地回答：「是，是，您先請，我過一會兒……一會兒就走。」

騙誰呢？他很清楚趙承彬不等實驗告一段落，決不會動身回家，忍不住酸酸地問：

「近來實驗很有收穫吧？」

「還可以，馬馬虎虎。」

東方人很不易理解，他想。永遠做十分說三分，謙虛固然是美德，也未免太過份了。顯然實驗做得極爲順利卻不肯說，難道怕他人搶你的研究成果不成？他感到自己的不快正逐漸加深。

「晚安！」他轉身準備下樓。

「晚安。噢，佛蘭克……」

趙承彬的反應慢和拖泥帶水，也是他所不欣賞的，總要等談話已告一段落，才又想起一件事來。

「有什麼事嗎？」他轉過身，耐著性子問。

「哦，沒有什麼重要事，我忘了告訴您……」趙竟又吞吞吐吐起來，像是說件不可告人之事，口音也開始變為重濁：「那天我們討論的現象，我昨晚已實驗完畢，結果，您知道……非常成功！」

趙終於暫時忘卻了他的謙虛傳統，露齒一笑，充滿自信，一霎間似乎脫胎換骨，變了個人。

「這麼快？」他生硬地說：「恭喜。」

「那裡，那裡，我不過是一時運氣而已。」

趙承彬似乎又縮進了謙卑的外殼，他的怒氣卻不可抑制地爆發了：

「你知道我也知道這不是運氣造成，為什麼不能實話實說呢？你怕我聽了不高興嗎？」

說罷，見了趙滿面驚愕，他警覺自己的失態。

「對不起，我今天太累了，晚安。」

他快步離開了密勒樓。

從那晚後他避免遇見趙承彬，甚至把多年的習慣改了，出了辦公室記得提醒自己，不再向右而向左轉，從走廊的另一端下樓，可以不經過趙的實驗室。可是每當他改變方向下樓時，對趙的惡感便加深一層。他，堂堂權威正教授、威斯康辛大學博士、鼎鼎大名的赫思禮的得意門生，取得博士學位前已發表三篇論文的佛蘭克・菲畢恩，居然像小偷般見不得人，避免面對一個沒有終身職，三年就可能被解僱的小小助理教授！

自從那夜，他和趙的關係明顯地趨於冷淡，因此三星期前的午後，當他握著菸斗在辦公室沈思時，趙突然出現門前，令他感到意外。

趙承彬臉上照例掛著笑容，手中捏著深黃色的大公事信封。

「眞對不起，又來打擾您，您現在忙嗎？我可不可以進來一下？」

「不要緊，有什麼我可以效勞的嗎？」他禮貌但冷淡地問。

趙承彬猶豫了須臾：「我寫好了一篇論文……想請您……過目，指正指正！」

又寫了一篇論文？想必是那晚他提到的那個問題，那是個重要的問題，也是個極困難的問題，是學術界已爭執多年的懸案，誰能解答必將聲名大噪，趙承彬竟輕而易舉地做成了？

他感到難以置信，同時心中升起一線希望：

趙一定做錯了，他不可能如此輕易地找到答案。

讓他去丟人現眼呢？還是指點他破綻何處，使他了解自己的實力呢？他竟一時舉棋不定起來。

趙承彬見他沈吟不語，又急忙加了一句：「如果您太忙，不看也沒關係，我不好意思老是麻煩您。」

趙一如往昔的謙恭，助長了他的雍容自若，他答應著說：

「沒關係，我會看的。你知道我很忙，什麼時候看完可不敢說。」

「不急，不急，您慢慢看好了。」

趙又謝了他一次，才將公事信封留在他書桌上。

門一關上，他便迫不及待地拿起論文來，果然是那個重要問題，自己未曾夢想過可以嘗試解答的問題。這小子膽量可眞不小！

他打起精神，仔仔細細地讀。他替趙看論文已有多次，思路淸晰、內容紮實是趙的長處，英文表達能力稍差是他的弱點，可是這篇論文氣勢卻大不相同，使他爲之震撼。

這是一篇精確、有創見、有突破性的論文。實驗設計新穎，理則無懈可擊。趙某不僅解答了一個重要問題，他以成熟的思想方式，大膽、創新，並且簡易地，似乎毫不費力地推翻了傳統的概念。

這是一篇會在學術界大受重視的論文！他百般搜索，苦苦思考，找不到任何破綻！

想像下屆化學年會上，眾人將口口聲聲趙某如何如何，趙的光華將使他黯然失色，他將何以自處？

「我爲何未曾想到這問題，而坐失先機呢？」他竟無法自制地怨艾起來。

退一步想，當初趙談到這問題時，他如能及時提議合作，今日的光榮也可分享了啊。他不該掉以輕心，斷定趙無能解答這個難題。

如今已後悔莫及了！

他頹然鬆開手掌，任紙張滑落地面。

整個下午他都心不在焉，嗒然若喪。晚間的應酬又多喝了幾杯酒，藉口有工作急待完成，罔顧約瑟芬的不快，他回到了學校。

夜深的密勒樓不再燈火通明，走道兩端研究室門大半緊閉，一片寂靜。

他正需一段獨坐靜思的時光。

酒能痲醉神經，更能解除日常的約束，任思想自由地翺翔。

微醺中，他拿起書桌上被清掃工人拾起的論文，倏然一道靈光閃過腦際。

趙承彬之所以有今天的成就，可說是他一手造成的。沒有他的仗義執言，趙不可能得到這份工作，沒有他的指點，趙的教學危機勢必嚴重影響研究，甚至，沒有他向玻璃技工關說，趙的實驗器材也不可能在短短一年中裝配成功。而最重要的是，以他的地位，他對趙研究成果的詮釋和肯定，對趙今年是否能升任副教授，具有一言九鼎的影響力。

就分他一杯羹，有何不可？

正如他曾辛辛苦苦儲蓄金錢，分期存入銀行，如今是連本帶利收回的大好時機了。趙應該懂得這層道理。何況這個中國人對自己一向必恭必敬，唯命是從，他不會也不敢有異議的。

仗著幾分酒力，他做了一件他從未做過，在以往認爲是無法想像的事：他在作者名字C. P. Chao 後面加了 and F. H. Fabian 的字樣。

此後兩星期中，他每回見了趙承彬若有所待的神情，都故作不知，絕口不提論文事。有幾回趙似乎想開口，又嚥了回去，他看在眼中，心中隱隱地感到一陣報復的快意。

幾天前，兩人又在走廊上不期而遇，趙承彬忍不住提起論文，他才裝成大夢初醒地說：

「哦，呀！我這一陣太忙，完全忘了這回事了。對不起，我儘快給你看。」

今天趙居然鼓足勇氣來辦公室催問了，他才好整以暇地從抽屜中取出論文，一邊不經意地說：

「你來得正巧，我昨夜趕著看完了。」

趙承彬一眼看到作者名字添了一個，平日不見血色的臉便更蒼黃了。

「什麼事，趙，有什麼不對嗎？」他故作不知。

趙指著他添上的名字：「這是什麼意思？」

「哦，這個嗎？」他輕鬆地說：「你做實驗前我們曾討論過，我又將文字修飾了一番，把我的名字加上也沒什麼不公平啊！」

「這篇論文全部是我寫的，實驗是我做的，原來的構想也是我的，照規矩……」趙承彬一時說不下去了，菲畢恩在學術界工作近二十年，這規矩還能不懂嗎？

「而且……而且我已在篇末向您致謝了。」

看來趙承彬不開竅，並沒有息事寧人的意思，他決計破釜沈舟，向他點明：

「對了，我想到了一件事。你來西伊大幾年了？」

趙楞了半晌才答道：「將近三年。」

「今年你的名字會在升遷小組會議提出，你知道，」他艱難地說：「系內研究分子光譜只有我們兩人，我將是起草你升級公事的唯一人選。」

趙承彬終算是聽懂了他的絃外之音，單薄的身子像受了重重一擊，臉色也逐漸轉青，停了須臾才答道：

「我認為這完全是兩回事，何況……」他頓了一會：「以我的成績，應該可以升副教授而有餘。」

這個中國人平日柔順多禮，在這節骨眼兒上，脾氣竟出人意外地倔，令他措手不及。姓趙的說得不是沒道理，以他的研究成績，阻止他升級並沒有絕對把握。看來他毫無妥協之意，這件事如果鬧開來，自己面上無光，非畢恩只得忍氣吞聲地將自己名字劃掉。

「和你開個小玩笑，何必如此認眞？」他說：「你想，我還會在乎這一篇論文嗎？你既然不喜歡這個玩笑，我們把這件事忘了罷！」

說罷爲了證明他眞是開玩笑的，還乾笑了數聲。

目送著趙承彬的背影，他的屈辱和憤怒，終於達到了飽和點。這麼一個穿著既不合身、又不合時的東方人，連美國俗語「你搔我的背，我也搔你的背」的最基本爲人之道都不懂，還妄想在高等學府做教授，僅憑研究成績就一定能升副教授嗎？門都沒有呢，咱們走著瞧吧！

怎能讓他升級？區區助理教授，還是個土裡土氣的外國人，就不賣他的帳，有朝一日升任終身職的副教授，豈非如虎添翼？

可是辦得到嗎？以姓趙的這幾年在學術上的突飛猛晉，尤其是這篇論文所表現的才華，阻擋他晉升並非唾手可及。

況且……對趙而言，實在也有點不公平。近年來升副教授的人中，研究差於趙的比比皆是，卻獨不讓眞才實學的趙晉升，怎能言之成理？

理智與情感交戰中，他想到了系內的幾位老教授，由於在學術上落了伍，便成為全系輕視欺凌的對象。「難道這情形已開始發生在我身上？與姓趙的這番過節，是否第一個徵兆？」

他感到不寒而慄。

多少平日未注意的事兒，如今一點一滴兜上心來：他手下的超博士研究上發生疑難時，往往不找他而去請教趙；幾位年輕助教授和副教授開始與趙接近，互相研討問題；不久前「化學學報」竟罔顧他的存在，數次請趙評審論文……。

只怪自己近兩年過於忙碌，面對種種危機竟渾然不覺。

「鈴……」電話鈴聲驀地響起，將他由沈思冥想中驚醒，是約瑟芬提醒他早些回家，準備參加今晚與文理學院院長伉儷打橋牌的約會吧？這類重要的約會決不能遲到。

他本能地伸手向話機，卻觸電似地縮回。

不，他不能接電話！他此時的心情不適合與任何人談話，特別是知他甚深的太太。只要一張口，她便能感覺到不對勁兒，追問起來，他將何以為答？

啊，約瑟芬！如果多年來以他為榮的太太發現他的行為，尤其是片刻前在那中國人手中所受的屈辱，將作何感想？

他雙手緊揑椅把手，瞠目直視，似乎又看到了他發表升任正教授時，約瑟芬充滿光輝的面龐。

「佛蘭克，親愛的，你眞了不起！我爲你驕傲！」她喃喃低語。

事隔十年，他舌尖似乎仍能嚐到香檳冷冰冰的滋味，雙唇似乎又感到了她的祝賀輕吻。他的心猛地抽緊，一陣寒冷的感覺向他襲來。啊，約瑟芬，你如果知道今天下午的事件，還會以我爲榮嗎？

他決不能被人打垮，他必須使趙了解，非畢恩不是可隨意侮辱的，姓趙的必須爲他的不合作態度付出代價！

下定了決心，他激動的心情漸趨平靜，頭腦也變得出奇地冷靜，開始理智地分析情勢。永遠不讓趙晉升是辦不到的，但延遲一年卻大有可能。一載的磨鍊可挫一挫趙的銳氣，也給自己時間摒除雜務，專心研究，好迎頭趕上。

趙需要懂得：作一位教授，學問固然重要，與人相處之道更爲重要。

衡量教授成績，以研究、教學與服務三者並重，他知道那只是理論，實施時孰重孰輕，因人而異。後二項無庸他操心。系主任未曾任命趙爲任何小組會議的成員，他在服務上因此交了白卷。至於教學方面，他曾風聞學生抱怨趙教授口音太重、要求過嚴、試題太難……。

比較麻煩的是研究方面，好在這篇論文在一年後方能發表，討論過去的論文，可以平實低抑的口吻出之：

「趙是個挺不錯的科學家，不過……」

「趙的論文水準不差，只是本人缺乏自信……」

「趙……可惜……」

他是本系無機化學權威教授，不宜爲同行鼓吹，好壞都說，才是持平之論啊。他畢竟有影響力，恰到好處的低調，也適時發揮奇效，趙承彬的升遷未能通過，以「明年再議」發回。

不久系中便傳出趙另有高就的消息。

緊接著便須物色一位繼任人選了，他警告自己，必須謹愼將事，不可重蹈覆轍。

無論如何，趙承彬走路給了他亟需的喘息機會。一般新的助理教授到任，須四五年才能站穩腳跟，換句話說，他有五六年的時間致力研究，他正處人生巓峯的壯年，不能失去權威教授的頭銜。

原載民國七十四年五月三十及三十一日《中央日報・副刊》

進退之間

校園內的白樺綠葉初綻時，艾肯遜便已風聞巴爾頓有意另謀高就了。教授跳槽並不足爲奇，更無可厚非。在這競爭激烈的社會，必須時常換工作，才能爬得快，跳得高，不講究從一而終的。蓋瑞·巴爾頓心高氣傲，取得哈佛博士學位後入北堪大執教，正教授當了七八年，在學術界小有聲望，卻始終按兵不動。艾肯遜心中早已開始嘀咕：他該不是等著搶自己系主位的位置吧？

站在系主位的立場，只要巴爾頓沒有政治野心，艾肯遜並不希望他離開。整個材料科學系，高分子科學組寥寥三人，修爾曼已六十出頭，五六年來僅出了一篇論文，助理教授新來乍到，又是個印度佬，全組就靠巴爾頓挑大樑。他如撒手一走，找資格相當的繼任人選並非易事。何況自己與他雖無深交，畢竟同事多年，又屬同一教會，對他的性格和立場都很清楚，換個新人便是個未知數了。

艾肯遜擔任行政工作經年，場面見多了，深知在這種情況下，坐以待變是上策。巴爾頓是資深正教授，要找人代替他固然不易，反過來說，他找合適工作也不容易，找不到工作一切免談，找到工作，再和他討價還價不晚。俗語說得好：「人各有價。」換言之，都可用錢買得動。

漸漸地，一些風言風語傳入他耳鼓：巴爾頓與洛伊喝咖啡閒聊時不經意地透露：「伊蓮娜想換大房子，我告訴她：『現在可辦不到，你得等我發一筆橫財再說！』哈哈！」伊蓮娜在俱樂部游泳池畔，也曾推心置腹地向珍妮說：「傑克還有兩年就要上大學了，他一心想去哈佛，我說呀，『不得了，一年一萬八，那你趕緊告訴爸爸多賺些錢哪！』」

原來巴爾頓是嫌薪水低，不是想做系主任，這就好辦了，艾肯遜寬了一半心。爲了防患於未然，七月調整薪水時，雖仍未聽到他已找到工作的消息，今年教授加薪指數平均爲百分之五，艾肯遜大筆一揮，給巴爾頓加了百分之八點七。

夏去秋來，巴爾頓顯得分外忙碌，時常去外地演講。十一月初，冬天的第一場暴風雪尚未降臨呢，他上系主任的辦公室敲門了。坐定寒喧甫畢，便單刀直入地說：

「杜邦化學公司找我去主持一個研究計劃，條件優厚。我對這研究論題也非常有興趣，老實說，我很動心。我想到系裡雇人得趁早物色，你也需要早做下學期課程的安排，所以特別先讓你知道。」

啊，是杜邦！艾肯遜心中暗自慶幸，不需與比北堪大聲望高的大學較量。謝了巴爾頓的好意，便扼要問道：

「我能不能知道一下杜邦出你多少年薪？」

「當然可以，一年七萬。」

「Whew！」系主任輕吹一聲口哨：「好薪水！他們還需要一位材料科學家嗎？我和你一道去罷！」

說罷兩人都笑了起來。

笑了一半，系主任的兩道稀疏、淡黃的眉毛逐漸向中間聚攏。他溫和地敲敲自己的腦袋：「我記不清了，你現在薪水多少？」

「四萬六千三百七。」巴爾頓收笑答道。

罔顧巴爾頓語含譏誚，艾肯遜以一貫的溫和態度繼續問道：

「杜邦給你的是一年十二個月的職位嗎？」

除了學術界，其他工作都是以一年十二個月計算，艾肯遜怎不知道？既有此問，必有所指，巴爾頓小心翼翼地答道：

「是的。」

「嗯，你在這兒的薪水是以一年九個月計算，所以四萬六千——呃，你說多少來著？三百七？——相當於……」艾肯遜以他粗大的手指，熟練地敲著袖珍電算機的迷你鍵盤：「……我看看……六萬二千九百零四元，幾乎相當於六萬三千年薪。」

巴爾頓沈默不語。

透過他的沈默，艾肯遜可以隱隱感覺到巴爾頓的不滿。九個月四萬六或許「相當」於一年六萬三，卻不「相等」。他如接受杜邦的聘請，一年可穩得七萬，留在學校，九個月拿了四萬六，暑假便得自己各處張羅，申請研究補助了。

艾肯遜繼續敲他的迷你鍵盤，心中計算，還有九個月才到七月調整薪水的時令，到那時縱然再加巴爾頓百分之十的薪，也只有五萬一千元，無濟於事，何況遠水救不了近火，於是誠摯表示：

「你找到薪金如此優厚的工作機會，我們自不願也無法阻攔你。可是以系裡的立場，又希望你能留下來。學校這幾年的經濟困難你很清楚，無須我多說，並且加薪的事我也做不了主。待我與兩位院長討論後，早則一兩天、遲則三四天，我們再談。」

不出兩天，艾肯遜便以好音相告：與文理學院及研究院兩位院長商議結果，決定自一月新冬季學期開始，將巴爾頓年薪增加百分之十四，為五萬二千八百六十一元。

巴爾頓聞言沈吟不語，面有難色。艾肯遜便委婉替他分析一番：

「我承認五萬三不如七萬，但在九個月的職位來說，實在也不算低了，以學校近年來的經濟拮据，我們已盡了最大能力……。何況工作問題，還包括許多其他因素。七萬元看上去不少，德拉威爾州的生活程度可比堪薩斯高了許多。我十月開會，遇見一個往年學生，現在威明頓工作，據說一幢普普通通的三臥平房，便要價十幾二十萬……對了，提到房子，伊蓮娜贊成搬家嗎？我聽說她喜歡現在的工作，她在威明頓找到工作了嗎？還有，你的實驗器材須重新裝置，這可是浩大的工程，大概要花上兩年不能做研究吧？

「當然，我說了這許多，只是為你設想，沒有絲毫勉強你留下的意思，你自己斟酌斟酌吧！」

巴爾頓心知肚明，系主任的話句句眞實，卻也不願輕言放棄：

「你說到實驗設備，我這一套已非常老舊，杜邦準備撥十萬元經費，為我裝置全新實驗室。」

艾肯遜似乎早已料中這一著，回答得異常爽快：「我已與研究院院長談過今年研究經費預算，我們可以給你添一套高壓設備，你有時間可立刻找幾家廠商開始估價。」

一套高壓設備，市價約兩萬元。巴爾頓明白，從學校搾出這許多油水，已大不易，但是兩萬元畢竟只是杜邦所出五分之一，不是艾肯遜怕自己走路，兩萬元的新儀器決無法到手，因此不需過份感激。

他對系主任的好意表示感謝，答應重新考慮。

回到自己的辦公室，巴爾頓靜靜地想了一會，感到如此重大發展，於情於理，不能不讓杜邦方面知道。當即撥了電話過去：

「湯姆，」他說，「你們要雇我的事此地已聽說了。艾肯遜——就是這裡的系主任，你大概不認識——不希望我走。文理學院及研究院兩位院長也竭力挽留，再三要求我重新考慮。你知道的，湯姆，我對杜邦的這個研究計劃非常有興趣，這是我想離開的主要原因，可是我也不能不顧慮到其他因素。例如威明頓房價昂貴，伊蓮娜必須重新找工作……說實話，伊蓮娜和孩子們在此多年，交了許多朋友，滿心不情願搬家呢！你知道伊蓮娜的脾氣……」

湯姆爲巴爾頓中學暨大學同窗，與伊蓮娜也自幼相識。

「是啊，我可以想像到這些問題。」對方很了解他的苦衷。

一會兒，湯姆問道：

「學校挽留你想必有加薪之說囉？」

「有的。」

「多少呢？」

「九個月五萬三千，相當於十二個月七萬零七百五十五元，同時他們建議爲我買一套高壓設備。當然那也不値太多錢。最主要的，你知道，從頭裝置實驗室，時間的損失太大……」

對方沈吟了半晌：「好吧，讓我研究研究我們這邊的數字。我今天午後動身去佛羅里達開會一星期，回來和老闆洽談後，給你電話！」

巴爾頓耐心靜等了近一個月，好音終於來臨。年薪增加到了七萬六。不過對方說得很淸楚：杜邦近來營業率下降，利潤更受了政府法令及化學廢料處理問題的影響，人事方面正緊縮預算，首當其衝的是不事生產的研究部門。原來另添五名研究人員的計劃因之擱淺，這六千元還是湯姆力爭的結果。

水漲船高，緊接著學校不甘示弱，出價六萬零二百八十元，比本年薪水提高百分之三十。研究院院長並一再囑咐艾肯遜：「杜邦屢次出高價聘請，一定是個人才，想法留住他！」爲了做到萬無一失，艾肯遜主動向巴爾頓建議，下學年爲他添僱一名超博士。

離開系主任辦公室時，艾肯遜不僅破例起身送他到門口，並輕拍他的肩膀，極友善地叮嚀：「回去和伊蓮娜商量商量吧！噢，對了，」他突然記起一件事：「說到伊蓮娜，佩姬早就說想請你們便餐。昨晚她還咕噥說一兩天內，要打電話給伊蓮娜訂日子呢。」系主任好好先生地聳聳肩：「社交的事我搞不清楚，那是太太們的勢力範圍。蓋瑞，你說對不對？」

艾肯遜心裡有他的算盤。一年六萬，附加新儀器與超博士，不怕他不就範。留在學校如此高薪，蓋瑞·巴爾頓頓成舉足輕重的赫赫名教授，也該多多交往了。

星期六傍晚，巴爾頓夫婦應約抵達艾府。綴了鮮花及長燭的餐廳桌上，只放了四副餐具，顯見除巴爾頓夫婦外未請他人，更知此番與系主任交情非同尋常。

蓋瑞乘女主人帶伊蓮娜去屋後，參觀新加建的玻璃花房，系主任調第二道「馬蒂尼」酒時，告訴了主人不去杜邦的決定，艾肯遜高興得面泛紅光，連聲道：

「太好了！太好了！今後我們可以多多合作。對了，蓋瑞，我正想問你，你覺得瑪珂吉表現如何？有人說學生對他不太滿意，抱怨他印度口音太重，……」

一直談到太太們進屋，二人方才住口。

冬季天黑得早，雖有壁爐的火光與壁燈，裝著酒吧的起居室仍是暗黝黝的。女主人進門便忙不迭地擰開落地燈，一邊愛憐地責怪丈夫：

「聊得這樣起勁，讓客人坐在黑暗中也沒想到開燈。我知道，準是又談公事了。」

又轉頭笑問伊蓮娜說：「我眞不懂，白天晚間忙公事，週末也不肯輕鬆一會，還要談公事，這些男人對公事怎麼永遠不厭煩的？」

她每說到「公事」，便竭力加重語氣，引得大家都笑了起來。

伊蓮娜笑著搖頭：「我也不懂。」

好性情的系主任笑得呵呵地：「今晚到此爲止，不再談公事了。」

「是呀，有這麼漂亮的女士在場，」巴爾頓隨聲附和，笑眼卻只對著女主人：「我們男人再不識相，也不能這般煞風景呀！」

艾肯遜今天興緻特別高。留住這個人，無形中爲自己添了得力幫手，今後系內政治紛爭，不怕他不和自己站同一陣線。至於那一萬四千元薪水，並不至於影響預算。材料科學系教授四十三人、超博士十數人，加薪時酌量每人少加數十或數百元，便綽綽有餘了。

多化一萬四千元在蓋瑞身上，不僅値得並且應當。俗語說得好：「只有吱吱叫的輪子才需要加油。」

系主任夫人的廚藝不及伊蓮娜，巴爾頓對晚餐本來不抱奢望，可是這晚的鮮菇乳汁燜雞胸，竟烤得十分濃郁可口，艾肯遜親自挑選的法國白葡萄酒也清洌芳香，佳餚美酒，相得益彰。燭光中，賓主「觥籌」交錯，談笑風生，恍若知友相逢，歡聚一堂。巴爾頓但覺滿心酣暢，同時也感到險戰獲勝後筋骨鬆懈的疲憊。他深知杜邦去不得，杜邦僱他為的是要他研究一個極困難的論題，他並無絲毫把握，只是硬著頭皮拍胸脯。他明白三年做不出成績，便有捲舖蓋的可能，湯姆也救不了他。

這層內幕連伊蓮娜都不知情，他自然更不會向任何他人透露。

他記起一件未了的事：他必須打電話給湯姆，回絕杜邦。大學教授是終身職，北堪大既然頻頻加薪挽留，而且出手大方，九個月六萬相當於一年八萬，比較其他條件，杜邦的工作便遠不如學校了。湯姆設身處地，必能了解、尊重他的抉擇，不致於傷感情。下回開會見面，兩人依舊是朋友。

星期一，他提醒自己，得記住給湯姆打電話。

原載民國七十四年七月八日《中央日報・副刊》

伊莎蓓拉的震撼

秋季開學的第一節課，我照例早兩分鐘到達。方踏上講臺，教室中一陣騷動，一位卅許的少婦娉娉婷婷走了進來。

我感到意外，是什麼十萬火急的事使系主任打發新祕書來課室找我呢？何況這位女士不像祕書，卻像走錯了地方的化粧品推銷員。

不用說在教室中，就是整個學校也極少見到如此濃妝豔抹的人物：鮮綠色眼膏，配著低胸，合身得過份的鮮綠衣裙與鮮綠高跟鞋。長長的金色秀髮，一絲不亂地向上攏作道士髻，前方繫著小女孩頭上也已極少見的緞帶蝴蝶結。蝴蝶結的顏色，不用說，也是那種令人一見難忘的鮮綠。

她似乎自憾身材矮小，刻意以高聳的髮型與三吋半高跟，將自己硬生生地拉高五六吋。

學生們自然最感興趣，十數雙眼睛向她灼灼行注目禮。她卻從容不迫，似乎理所當然地，選了前排正中的座位坐下了。

她不是祕書，是來上課的?!我正自驚異，她竟以蘭花指微翹的優雅姿態，雙手食指與拇指捻起迷你裙擺，露出大截潔白豐潤的玉腿！

天哪！我心中駭然驚呼，這女人是打那兒來的？怎麼可能是我班上的研究生?!

面對招展的蝴蝶結與裸露的大腿授課，是我廿餘年粉筆生涯的頭一遭，這已夠令人分心的了，綠女士竟另有絕招：每回我寫完黑板轉身時，便發現她正忙著更換姿勢，不是將右腿翹在左腿上，便是將右腿換下來，將左腿翹在右腿上，使我不能不注意她的玉腿。我雖整節課竭力將目光轉向他處，下課後，那雙玉腿仍不斷挑逗地浮現腦際。

學生的事琳達通常缺乏興趣，我也因此絕少向她提。或許是蝴蝶結及玉腿予我的印象太深刻了，那晚我竟企圖將綠女士的穿著當做笑話告訴琳達。琳達正忙著梳理她的不再光滑的棕髮，準備朋友來打橋牌，當我開始形容綠女士時，她竟放下髮刷，很注意地問：

「喔，你不是在講課嗎？怎麼用心觀察起女學生的裝束來了？」語氣及音調均較平日尖銳。

我心知不妙，急忙苦笑分辯：「她坐在前排正中，打扮得又那麼扎眼！」

琳達對我這個中國丈夫最不滿意的便是不夠殷勤，不習慣將讚美言詞掛在嘴邊。眼力又鈍，有回陪她逛購物中心，我方自書店轉了一圈回來，她竟已買了新衣換上。也怪我那天心中有事，竟未加注意，視若無覩，氣得她不言不語，與我冷戰了數日之久。

我力挽狂瀾，繼續陪笑解釋：「妳知道，她的穿著品味太低，容易惹人注意。妳的打扮品味高，我有時便難免不注意啦！」

眞是越描越黑，琳達的眉毛也越擡越高。我正暗恨自己不該多嘴，門鈴及時響起，她的首批牌友到了。我如釋重負地躲進書房。

第二節課綠女士變成了紅女士，上至金髮上的蝴蝶結、眼膏，下至三吋半高跟，全身一色的玫瑰紅，坐定後，又重施故技，以蘭花指撩裙……

翌日午後，泰德來我研究室討論問題，正事談完後，忽然似笑非笑地問道：

「聽說伊莎蓓拉在選你的課？」

伊莎蓓拉？我直覺地意識到他指的是誰。

「你說是那位打扮很引人注意，頭髮……」我雙手做了個向上的姿勢，用食指與拇指，在頭上空中打個蝴蝶結：「像這樣的？」

他開懷地笑了：「一點也不錯，就是她，伊莎蓓拉·史密斯。」

史密斯？很普通的姓嘛！與伊莎蓓拉這個洋溢歐洲風味的芳名可不太相配，就如她本人坐在十數位圓領衫牛仔褲的學生中聽課的景象一般不調和，予人以不倫不類的感覺。

泰德看出了我心中的疑問：「她是西班牙人，與去西班牙海邊度假的美國大兵一見鍾情，隨他回到了奧克拉荷瑪的家鄉。……不過兩人現在已經離了婚啦！」

由於研究與趣相近，時常合作，在廿餘位同仁中，泰德與我往來最密切。與其餘同事相比，他爲人實在無可挑剔，只有一點我不敢苟同：太愛女色。連帶地也愛談女人，如今提到伊莎蓓拉又是開口便不能自休，並且越談越起勁兒，險些將手中的半杯半溫咖啡潑在我身上：

「看情況大兵先生的贍養費給得不少，否則以有限的助教獎學金，她怎能打扮得這樣花枝招展，一天一套新行頭的？何況她還帶了老母和十歲的兒子回校唸書。」

「怎麼選擇了數學呢？」

「聽說她從小就立志當數學家的。」

「數學可不是出名的容易科系呀，做了十幾年的家庭主婦，她能唸得下來嗎？」我想起琳達當年也讀過一陣數學的。結婚多年，隨著腰圍的增加，大腦也越來越不靈活了，現在別提解簡單的微分方程了，連橋牌都打不好。

泰德又恢復了那副令我混身不舒服，似笑非笑的神情：「我正要問你哪，她功課跟得上嗎？」

我有點不耐：「我怎麼知道？她筆記記得很勤快，還不時向我微笑，看光景非但聽得懂，還挺欣賞似地。」

「小心哪，這位小姐可是禍水呀！」泰德竟臉色一正，對我發出警告。

這回輪到我笑了。風流成性的單身漢泰德，居然爲我這年近半百，有家有小的東方人操起這個心來了。

「喔？你怎麼知道她是禍水？她的事你知道得還眞不少，那裡打聽來的？」

「還需要打聽嗎？只要不把耳朵摀起來就行了。我可不像你，成天把研究室門一關，埋頭苦幹，外界的事一概不聞不問……」

「她那一口西班牙腔的英語還眞動聽！」接著泰德又牛頭不對馬嘴地自言自語。

「嗨，是不是你對她發生了興趣？本系學生可得當心，三思而後行啊！」我語重心長地拍拍他的肩膀。

「不是，不是！你知道她不是我喜歡的類型。」泰德忙不迭地否認，一面急急搖手以加重語氣，似乎恨不得伊莎蓓拉此時此地出現，他好一把將她推得遠遠地。

「她也選了你的課？」

「沒有！我今年沒開研究院的課，謝天謝地！」他壓低聲音道：「她在丹奈斯班上。丹奈斯說他每回寫完黑板轉身時，總見她一會兒左腿翹右腿，一會兒右腿翹左腿……你知道……她裙子穿得短……害得丹奈斯……唉，年紀輕輕……很難集中心神講書。」

「她在我班上也是這麼一雙腿翹來翹去的。」我深具同感：「不用說丹奈斯，連我這把年紀，也有些招架不住。」

「所以我說要小心，這女人是位危險人物！」

「放心好啦！我看她的目標是你們少壯派呢。」我忍不住回敬了他一句。

此後我便經常自泰德口中聽到伊莎蓓拉的消息：伊莎蓓拉將幾個年齡比她小一大截的研究生迷得暈頭轉向；伊莎蓓拉找丹奈斯做指導教授，丹奈斯邀她回家晚餐，整晚她向男主人大拋媚眼，對丹奈斯的同居女友蒂娜不睬不理。

據泰德說，事後蒂娜大發嬌嗔，並到處形容伊莎蓓拉那晚的衣著：「領子都一直開到肚臍眼啦！」

不知是否由於蒂娜的反對，伊莎蓓拉追隨丹奈斯做研究的計劃沒有成功，接著向泰德進攻。泰德說有晚伊莎蓓拉去他研究室，不知怎地竟順勢向他膝上一坐，他尚未及將她推開，正巧系主任的親信海瑞有事找他，推門進來撞個正著。使泰德面紅耳赤，有口難辯……

「我告訴那女人，以後不許再來找我！」

看他咬牙切齒的狼狽模樣，我忍不住笑出聲來。

期中考前不久，丹奈斯到我研究室來。平日滔滔不絕的丹奈斯顯得心神不寧，未及交談，便神色凝重地自口袋中掏出一封信來，示意要我打開。

緋紅色的信封，同色信箋上娟秀的字跡：

「自你的眼神我可知你想我、要我。我日日癡癡地等待，你卻遲遲不作表示。我最親愛的，請別再折磨我！只要你說你要我，我將立刻飛入你的懷抱！伊・史」。

信箋散發著淡淡的玫瑰香。

丹奈斯與我對望一眼，我問他：

「你準備怎麼辦？」

「我不知道，」他顯得有些沮喪：「除了置之不理，我想不出什麼好法子──如果讓蒂娜知道，誤會可就大了。」

在這節骨眼兒上，他居然只擔心蒂娜知道，我不禁心中嘆了口氣。蒂娜最多和他吵一架，系主任若知道，才真是吃不了兜著走呢。

丹奈斯成長在反叛意識濃厚的六十年代，又仗著自己絕頂聰明，「而立」之年，還堅持

「帝力於我何有哉」的天眞，不屑巴結系主任、老教授們倒也罷了，連儀表禮貌他都認爲是不值得注意的小節。

身爲助理教授，在這「清潔就是聖潔」的保守聖經地帶，油膩虬結的長髮與絡腮鬍已夠令人另眼相看的了，他又偏愛穿一件充滿皺摺的花格子襯衫，前胸老是掉了一兩枚鈕扣，濃黑鬈曲的胸毛便自空隙中探頭縮腦。他的牛仔褲也是一絕，齷齪斑駁不提了，褲腰垮在啤酒肚子的下半截，讓人擔憂它隨時會掉下來。腳上不分寒暑，終年趿一雙不知是黑還是黃色的涼鞋。

這身典型的加州嬉痞裝，首度出現在系主任視爲神聖的教授會議時，不僅滿座爲之側目，系主任失去了笑容，連素來自認不以「衣」取人的我，也不禁暗暗皺眉。

他又口沒遮攔，許多「老」字輩教授的研究，在他看來不是過了時，便是「太差勁」。這種大逆不道的意見，自己關起門來說說也就罷了，他偏愛在公共場所嚷嚷。閒言閒語傳入被批評者耳中，又爲他樹立了不必要的仇敵。

幸而他目前已有女友，對伊莎蓓拉沒有興趣。泰德說得不錯，伊莎蓓拉不是好惹的人物。她敢於穿早已不再流行的迷你裙，在不修邊幅的學生叢中濃妝豔抹，顯示她是個有個性的女人。敢於一而再地勾引教授，更是有決心，有爲而來。丹奈斯不是她的對手，沾上了甩不掉，師生戀愛的問題鬧開來，對丹奈斯的前途就大大不利了。

「系裡知道也不好，一切還是謹慎些吧。」我提醒他。

伊莎蓓拉的課外活動雖多，在情場上連連受挫，卻未曾忽略了每日的時裝表演。上課仍是一日一襲不同的鮮豔色彩的衣裙。眼膏、蝴蝶結及高跟也隨衣裙的色彩不斷變換，昨日寶藍、今日靛紫、明日嫩黃、後日醬紅。尖尖十指的蔻丹，也不時變換色澤。

我不得不承認：她對粧飾雖不遺餘力，對課業也極爲認眞。上課全勤，風雨無阻。聽課時雙腿雖仍不斷更換姿勢，手也沒閒著，不停揮地記筆記。我自問教學經驗豐富，學生一張口，便能知道他的程度，伊莎蓓拉卻從未提出問題，令我莫測高深。可是從她仍不時向我嫣然微笑的光景看來，她並無聽不懂、跟不上的困難。

因此我在改期中考卷時著實吃了一驚。伊莎蓓拉繳上來的，是份令人既搖頭嘆氣，又咬牙切齒的試卷，滿紙不知所云。怎麼可能呢？她看來並不笨呀！輟學多年，不可能考得很好，但也不應該這樣差。似乎我上課講授的，與她作業演算的，全沒有消化吸收。

一時心有不忍，我勉強送上十分。

由於聯邦政府的明文政策，系主任對於女生及黑人學生凡事優容，愛護有加。伊莎蓓拉是數學系今年的新研究生中唯一的女生，卻在我手中得了全班最低分，在登記分數時，我隱隱感到不安。

丹奈斯的課她也考得很糟。平日大而化之的丹奈斯竟愼重起來，將伊莎蓓拉的試卷交我過目。三道題僅對了一道，他給了六十分，是C。但研究生按規定必須拿A或B，C仍是不及格。

「你認爲我分數是否打得太嚴？」他憂心忡忡地問我。

「夠寬容的了。」我向他分析：「只做了三分之一，給B是說不過去的，數學就是這點好：對就是對，錯就是錯，黑白分明。」

若非如此，也許早就沒有我的立足之地了吧？

發回試卷翌日，系主任告訴我，伊莎蓓拉向他控告丹奈斯打分數不公允。我將伊莎蓓拉兩門考試成績向他報告，並附帶說明：丹奈斯的試題不難，班上六名學生有兩名得了一百分。伊莎蓓拉拿C，已是丹奈斯手下留情了。

我以爲這個問題便到此爲止了，系主任卻鄭重其事，要她找我直接談。

丹奈斯的問題變成了我的問題，只因我身爲應用數學組資深教授，丹奈斯可說在我領導之下。

我向伊莎蓓拉解說了那兩道題的錯誤，見她表情木然，並無反應，我只得將向系主任所說婉轉重複一遍。

她聽得很專注，一語不發。

即使不嚴格地說，她也稱不上美人。在這充斥「十八一枝花」健美女生的校園中，若非由於她裝束「出眾」，決不會引人向她多看一眼。公事桌相隔，我見她脂粉掩不住滿面憔悴，一時動了憐香惜玉之心：也眞難爲了她。據我觀察，她的自尊心極強，離婚已是不小的打擊，招蜂引蝶及讀研究院，想是受了打擊後嘗試自我肯定的一體的兩面。如今考試失敗，她的沮喪可想而知。於是我竭力將聲音放柔和，婉轉向她建議：

「考試成績不理想，或許是數學對你並不合適。何不試試其他學科，如電腦、統計……
……」

這話我已說過不止一次，對象一貫是我認爲毫無希望的學生。自己混跡數學界廿餘年，深知學這一行的艱辛與寂寞，缺乏數學才能而偏要學數學，如同經驗、裝備不全而企圖攀登喜馬拉雅山，或駕獨木舟而橫渡太平洋，怎能不勸他們及早回頭？我認爲這是爲他們著想的肺腑之言。

沒想到，語聲未畢，伊莎蓓拉已勃然大怒：「我早就知道你們有偏見，看我不順眼，一心想將我趕出數學系！別以爲我好欺負，我不會遂你們的心的。總有一天我會在數學界出人頭地，讓你們領略我的才能！」

說罷摔門就走。

生平第一遭有學生向我大發脾氣，我不禁愣住了。接著我提醒自己：這是標準的女人反應呀！女人嘛，總是這樣容易情緒激動。

我無可奈何地聳聳肩。這才發現伊莎蓓拉發怒時英語急促流利，帶著奧克拉荷瑪州南部的土腔，與進門時抑揚頓挫的西班牙調英語大不相同。

那日後，她上課時裝表演依舊，記筆記依舊，只是不再向我嫣然微笑了。

伊莎蓓拉的大考成績較期中考略有進步，卻仍是全班最低分。由於我鼓勵學生合作做平時作業，以收集思廣益之效，想來她不乏向她獻殷勤、志願拔筆相助的男生吧，作業的成績甚佳，與考試成績平均，勉強得了C。

丹奈斯的課她也拿了C。兩門必修科不及格，連碩士班也挨不上，退學只是遲早問題了。

入校時趾高氣揚，不可一世，一二學季後便黯然消失的研究生我見得多了，誰能料到，伊莎蓓拉爲了逞一時之快，竟能在短短時間抓住丹奈斯的阿契利斯足跟，在系中掀起軒然大波呢？

誰又能料到，丹奈斯的阿契利斯足跟，竟是用意至善的教學評鑑制度！

讓學生打教授的分數是六十年代美國大學的新猷。教學的品質直接影響學生的學習熱誠與成績，由他們來評鑑，不失爲公允且民主的善策。只是我由於生長在尊師重道的中國社會，開始時對這新制度感到很不習慣。

評鑑是以塡表方式，表格針對課程內容及教學兩大方面。教學部份的最後一道問題，請學生判斷教學效果，共分五等，自優至劣，以五分至一分代表。

評鑑表自然是不署名的，內容也自然是僅供教授們參考的。教授對於學生的批評或建議，可以認眞採納，以求改進，也可一笑置之。唯有這最後一項，由研究生代表將全班所給總分平均，教學成績便可以數字代表，是三點七抑或四點二，一目瞭然。這些數字每學季呈繳系主任，進入系辦公室中教授的個別檔案，成爲永久資料的一部份。

評鑑制度開始時，數學系別出心裁，由一位最富藝術天份的研究生設計，創作了一座壓克力與鋁的抽象雕塑，作爲得分最高教授的獎品，於學年度終了，全系大會中頒發。冠軍願將雕塑留在研究室以驕其同事，或帶回家中炫耀親友，悉聽尊便。但一年後必須交還，如美國小姐的后冠般傳遞下年度的得晃者，是數學系教學最高榮譽的象徵。

我是少數經常得獎的教授之一。許多年來，我已將接近五分的成績視爲尋常，漸漸地，當初對此一制度的排斥心理也減輕不少，甚至化爲烏有了。因之，我的成績每學季大同小異。四點五與四點七的區別，對我而言，已不具太大意義。因此，評鑑表到手後，我往往僅瞄一眼，翻一翻個別表格是否有特殊意見或建議，便順手存入自己的檔案了。

冬季開學不久，研究生代表送來了秋季教學評鑑結果。這回的成績竟令我大吃一驚，總平均一落千丈，竟只得三分五！換句話說，經常得奬已自認爲優等教授的我，教學成績首度被學生判斷爲介於中等及中上之間！

極度驚異中，我仔細翻閱一頁頁的評鑑表，發現其中有三人只給了我一分，十二名學生中竟有四分之一，認爲我教學成績屬於劣等！

被指爲劣等教授的感覺很不好受。我憶及來美的第一年，英語還辭不達意呢，便惶惶然擔任起大一微積分的助教了。好在數學符號與阿拉伯數字是不變的，演算數學美國大孩子們難不倒我，對我的英語不夠純熟也就包涵了。那時若施行評鑑制度，相信也不至於有人打我一分的。

這許多年來，我體會到教書實在不難，學生的要求也不苛刻。只需以充實的學識，充份掌握學生的程度，將課程內容作清晰、有系統的講解，便可令學生滿意。如能進一步啓發他們的興趣，配合以平易親切的態度及適度幽默感，鐵定更爲叫座。

無論如何，程度較差的學生縱有不滿，除非對教授的印象極爲惡劣，總不至於給一分——至少我從未得過一分，也未聽說過有任何人得一分的。

現在不僅得了，並且連中三元，我感到其中透著蹊蹺。

我正獨自思索時，丹奈斯神色倉皇地進來了，劈頭便問：

「你收到上學季的教學評鑑表沒有？」

「剛收到，我正在看。」說著，我這資深老教授也感到臉龐發燒，見不得人：「這回我居然得了三個一分，我有史以來的最低分！」

丹奈斯聽了竟衝動地大叫起來：「我也得了三個一分！我疑心給我一分的三個學生也就是給你一分的三人！我還知道他們是誰！就是她和同她上過牀的兩個學生！」

啊，是伊莎蓓拉！

我也曾懷疑過伊莎蓓拉。由她那天大發雷霆的情況看來，賞我一分是大有可能的。唯一使我不解的是，何以竟有三人？丹奈斯似乎消息比我靈通，但他怎知道有兩個學生和伊莎蓓拉發生過關係？是那兩位？我不願追問。重要的是他也得了三個一分，確像出自預謀。

我心中一寬。原來全是伊莎蓓拉搗鬼，由於考試成績欠佳而串通他人洩憤，我大可不必介懷了。

丹奈斯的情況與我不同。他年輕，缺乏教學經驗，眼高於頂，不免高估學生的程度。又不善於講解，往往他在臺上講得眉飛色舞，臺下學生卻如墜五里霧中，我經常聽到學生抱怨。他的評鑑成績因之經常徘徊於三分左右。他告訴我，這回的情況更糟，六名學生半數給一分，總平均竟降到一點八！

丹奈斯也瞭解自己的處境兇險，神色凝重地喃喃說道：「伊莎蓓拉該滿意了。你知道，系裡正考慮讓我晉級，教學成績一點八，升級是他媽的完蛋了！」他像換了個人，不再飛揚浮躁，一副愁眉苦臉，鬥敗的公雞模樣，我看了心中老大不忍。由助理教授至有永久聘書的副教授是重要的一關，教學成績不到中下，肯定過不了關了。

過人的才華與廿餘年的焚膏繼晷，才造就出丹奈斯這樣的研究人才，卻讓連最簡單的「群論概念」都弄不清楚，只知道搔首弄姿的伊莎蓓拉，輕描淡寫的三個一分斷送了前程。非但對丹奈斯個人不公平，也破壞了評鑑制度的原意。我雖不愛出頭，也感到有幫助他的必要。

「伊莎蓓拉給你的那封情書呢？」我問他。

他擡頭望我一眼，沒精打彩地答道：「早進了垃圾箱了，我怕蒂娜見到生誤會。」

「那就算了。事已如此，只有設法化解。」我安慰他：「評鑑分數已到了系主任手中，讓我去向他說明事實眞相，請他不要將你秋季的教學成績交給升遷小組會議，就可大事化小，小事化無了。」

我口中如是說，心中卻不甚樂觀。系主任貝利對「中」「青」兩派的新銳並不信任，且時常標榜幾位全工教書，只能教大二數學，不做研究的教授，隱隱中有研究成績出色的教授一定忽略了教學之意。丹奈斯的教學成績欠佳，正可作他一貫理論的有力佐證，何況他對丹奈斯素無好感。

果然，系主任似乎早已查閱了丹奈斯的教學成績，對一點八的數字毫不驚奇。我硬著頭皮向他解釋前因後果，他和我聲東擊西，笑嘻嘻地說：

「誰都知道你的教學是第一流的，你擔個什麼心呀？」

「不是，不是！」我急忙分辯：「我是替丹奈斯擔憂，不希望因此影響他的升級。」

想到系主任爲人向以方正著稱，我決心以原則打動他：「何況，如果話傳開了，學生對教授不滿，便可利用評鑑制度做武器，打擊教授的自尊心，毀壞教授的前途，豈非無法無天了嗎？」

「別急，別急！即使如你所說，是伊莎蓓拉及她的『朋友們』給的一分，我們能確定他們是蓄意報復嗎？」

「兩班都有三個史無前例的一分，未免太巧了吧？」

「巧合可不是證據呀！」系主任語氣毫不通融，心情卻極佳，笑容滿面。

學校不是警局，如何去調查證據呢？在沒有充分的證據前，應假定這三名學生的評鑑是公正的呢？還是假定丹奈斯的教學成績不那麼差呢？那就純粹是運用之妙，存乎一心了。我改變策略，由側面著手：

「丹奈斯前兩年的教學成績都在三分上下，現在第三年，他的經驗較豐富了，卻突然降至一點八。撇開巧合不談，我們能不能認爲這是偶發事件，是統計弧線上的一個突變，而不予考慮在內呢？」

「你說得不錯。」貝利略事沈吟：「不過這是升遷小組會議的權力範圍，我無法干涉。我只能將一切情形轉告海瑞，由他去和小組成員斟酌。」

系主任的話合情合理，顯示他無意和丹奈斯爲難，令我大爲安心。我轉告丹奈斯，勸他少安毋躁，靜待升遷小組裁決。

事實上，也沒有更好的法子。

我告訴丹奈斯：「不用擔心，有一點我有把握：貝利是個正人君子，他是講原則的。」即使今年不通過，我說，還有別年呢！助理教授四年升副教授，並不爲晚。

話雖如此說，教授會議上，海瑞宣佈丹奈斯由於教學成績太差，不提名晉陞，須待翌年重交審核時，我仍不免失望。以他往年三分左右的紀錄及出色的研究成果，晉級原應是不成問題的。

幸而那次教授會議後不久，情勢便逐漸轉佳：伊莎蓓拉由於連著幾科不及格，於冬季學季結束後轉學離校，丹奈斯的教學成績由一點八躍升爲三點四。看來我已不用爲他操心了。

翌年，似乎是感恩節前後的某日，我下班回家，甫踏進後門，琳達自廚房迎了出來，認眞地向我說：

「我看你該勸勸丹奈斯管住他的嘴巴了。」

我沒有在意，隨話答話地問道：「怎麼，丹奈斯說了什麼呢？」女人說話總愛這樣沒頭沒腦，何況，我又怎麼管得了丹奈斯？

「今天我和芭芭拉在『沙拉之家』午餐，她告訴我，丹奈斯在學校體育舘游泳，遇見了馬克，向他大發牢騷，駡菲琵成天找蒂娜的麻煩。」

她把我說楞了，「菲琵找蒂娜什麼麻煩？」

一位是系主任的新夫人，一位是助理教授的同居女友，年齡懸殊，氣味不相投，據我所知，並無往來，河水好端端地爲何去犯井水呢？

「你忘了？菲琵是藝術中心的董事！」琳達覺得我簡直無可救藥，小城人與人間那些密切關係，老是弄不清。

「丹奈斯說，一個月前董事會開會，考慮爲蒂娜開畫展時，菲琵投了反對票。現在又提案，想將蒂娜從藝術協會除名。」

「這麼嚴重？菲琵好好地做她的系主任夫人、藝術中心的董事，何苦和蒂娜過不去？」

「我也這樣想。可是芭芭拉說，丹奈斯告訴馬克，菲琵妒忌蒂娜的藝術才能，又瞧不慣她的私生活……你知道丹奈斯那張嘴，氣起來什麼都說得出的。居然說什麼菲琵雖然和貝利結了婚，還是老處女心態，見不得別人同居。他或許以爲馬克在社會學系，與數學系扯不上關係。卻未想到芭芭拉是菲琵多年高爾夫球的伙伴，兩人是密友呢！」

糟了！丹奈斯那張嘴我當然很清楚。說得寬容些，他像個不知天高地厚，長不大的孩子，以一般人的尺度衡量，便不可原諒了。如果不是惜才，又知他較深，我對他大概也會難以容忍的吧？可是這回他的禍可闖大了，不僅話說得太不知輕重，居然選了馬克作吐苦水的對象。馬克和芭芭拉這一對是有名的愛說閒話，唯恐天下不亂，琳達有一陣私下稱他們爲廣播電臺。

我急切地問：「那你怎麼說的呢？」

「我告訴芭芭拉，丹奈斯去年遇上了麻煩，未能晉級，請她千萬不要傳話給菲琵，把事情弄得更大。她問我什麼麻煩，我說我也不知道，眞是的，你從來也沒告訴我是怎麼回事……

……」

「唉，你也眞是的！」我跌足長嘆：「這麼一說，她不是更有興趣去菲琵處加油添醬了嗎？」

琳達瞪我一眼，老大不高興了：「我好意叫你警告丹奈斯，你倒怪起我來了！你以爲我有那麼大神通，能叫她不告訴菲琵嗎？看神情她早已一五一十搬給菲琵聽啦，還等得及先告訴我等我批准嗎？」

她的話也對，怪只怪丹奈斯自己說話刻薄，不識大體，話出了口，再企望別人爲他保密彌補，自然不可能了。

我怕丹奈斯的副教授多半是當不成了，幾番想暗示他趁早另找工作，都因難以啓口而忍了回去。

出乎意外地，丹奈斯竟獲得了升遷小組會議的提名。在新年後，只有副教授與正教授列席的會議中，投票前的討論時間，我代表應用數學組起立陳說丹奈斯的研究成就。接著，系主任提出丹奈斯教學成績不夠理想，應不予考慮晉級。系主任的話顯然未生效果，丹奈斯以超出三分之二的多數，通過晉陞爲副教授。

剩下的只是院長、校長、董事會的批准，純粹是形式了。丹奈斯本人固然喜出望外，我也大大鬆了口氣。爲了慶祝升遷，二月初丹奈斯喜氣洋洋地與大腹便便的蒂娜補行婚禮。他的晉陞固然一波三折，多災多難，總算圓滿成功了，當了父親後，他爲人處事也會逐漸成熟的吧？婚禮上，我們高高興興痛痛快快地喝了幾杯。

二月中旬，我乘著冬季學季結束的一週寒假，往東部兩座大學演講。回到蒙城，琳達來機場接我回家，一見面便迫不及待地說：

「丹奈斯的晉級被院長駁回了！」

「不可能！而且史無前例！」我感到不可置信，一字一字像開導兒童般向她解說：「院長不懂數學，無法衡量誰該昇遷，只是形式地簽個名而已。教授會議通過便是功德圓滿了。」

「你說史無前例，還有無獨有偶的史無前例呢！」琳達冷笑著說：「聽說貝利將丹奈斯的晉級文件呈交院長時，曾附了密密麻麻一整頁公文，詳述丹奈斯的教學成績極差，被半數學生評鑑爲劣等教授。你知道，他與院長關係很深，院長對他是言聽計從的。」

我脫口而出：「怎麼會呢？他明明知道劣等教授那回事是伊莎蓓拉搗的鬼，不足為……」

我不禁苦笑了，自信如伊莎蓓拉，或許也想不到她離校已整整一年，影響尚如此深遠吧？因考試不及格而被迫退學的研究生，在系中可說是最微不足道的人物，一系之尊的系主任，事事講原則的系主任，為了打擊丹奈斯，竟不惜利用她的不公正的評鑑，也算是奇妙的組合了。而丹奈斯，談起「非線型波動論」便玲瓏剔透，頭頭是道，卻不懂得做人及自保，怎是他們的敵手呢？

「你聽誰說的？」

「我來機場前，丹奈斯打電話找你，他自己告訴我的。他已氣得語無倫次了，還是我一點點問他才弄清楚的。」

「他又是聽誰說的呢？」

「貝利將他叫進辦公室，親自告訴他的……可是，達令，你剛才說伊莎蓓拉搗鬼，伊莎蓓拉是誰呀？」

翌日清晨我去上班時，丹奈斯的事已傳遍全系。走道上、研究室中，同事們交頭接耳，紛紛談論。並無否決權的系主任，以一紙公文有效地推翻了教授們經過表決的意旨，貝利異乎常規的措施導致群情沸騰，助理教授及副教授級的同仁們更是人人自危。

我傾聽他們熱烈地討論對策，意識到他們——包括我在內——有如一群商議將銅鈴繫在花貓脖子上的老鼠，竟沒有一個挺身而出，願意擔任繫鈴的勇士。

丹奈斯終於積極找工作，不待下年度升遷小組會議再度提名，便提出辭呈了。人畢竟是健忘的。他離校後，大家便逐漸將此事淡忘，不久一切又恢復了正常。

丹奈斯的問題雖已成過去，我卻忽然對教書生涯感到倦怠。一股前所未有的無力感緊緊地攫住了我，使我感到廿餘年來的努力，只是一場夢魘。伊莎蓓拉的笑靨如幽靈般不斷在我意識中出現，透過她譏嘲的笑容我終於體會到：原來迎合蠢才也是教書主要工作之一；原來數學並非黑白分明，一加一等於二的；原來所謂原則、教授尊嚴、地位，都是脆弱不堪一擊；原來飽受民主思想薰陶的美國同事，到了緊要關頭，也是只顧飯碗；原來我在這場鬧劇中扮演的，竟是如此可笑亦復可悲的無知角色！

授課時我變得無精打彩，坐在研究室中，我不再能集中心神，孜孜矻矻努力工作，而開始耽於冥思玄想。一日，混沌迷濛中，一個古怪的意念悄然來臨。像粒生命力頑強的種籽，在我心中生根茁長，逐漸枝葉繁茂，華蓋亭亭。

它說：這是我告別杏壇的時機了。

告別杏壇?!學校是我的第二生命！除了當教授，我還能做什麼?再說，琳達會願意放棄教授夫人的頭銜嗎?這不可能，絕無可能的！

可是日復一日，這個瘋狂、可怕、卻難以抗拒的意念，牢不可拔地盤踞於我的內心。我知道，它將伴著伊莎蓓拉的讖諂存在於我的意識中，永遠無法剷除……

原載民國七十五年八月十五及十六日《中央日報・副刊》
民國七十六年三月三至六日美國《世界日報・副刊》轉載

三民叢刊書目

①邁向已開發國家　孫　震著
②經濟發展啓示錄　于宗先著
③中國文學講話　王更生著
④紅樓夢新解　潘重規著
⑤紅樓夢新辨　潘重規著
⑥自由與權威　周陽山著
⑦勇往直前
・傳播經營札記　石永貴著
⑧細微的一炷香　劉紹銘著
⑨文與情　琦　君著
⑩在我們的時代　周志文著
⑪中央社的故事(上)
・民國二十一年至六十一年　周培敬著
⑫中央社的故事(下)
・民國二十一年至六十一年　周培敬著
⑬梭羅與中國　陳長房著
⑭時代邊緣之聲　龔鵬程著
⑮紅學六十年　潘重規著
⑯解咒與立法　勞思光著
⑰對不起，借過一下　水　晶著
⑱解體分裂的年代　楊　渡著
⑲德國在那裏？(政治、經濟)
・聯邦德國四十年　郭恆鈺　許琳菲等著
⑳德國在那裏？(文化、統一)
・聯邦德國四十年　郭恆鈺　許琳菲等著

⑰發展路上艱難多 孫　震著
⑱胡適叢論 周質平著
⑲水與水神 王孝廉著
⑳由英雄的人到人的泯滅 金恆杰著
・中國的民俗與人文
㉑重商主義的窘境 賴建誠著
・法國當代文學論集
㉒中國文化與現代變遷 余英時著
㉓橡溪雜拾 思　果著
㉔統一後的德國 郭恆鈺主編
㉕愛廬談文學 黃永武著
㉖南十字星座 呂大明著
㉗重疊的足跡 韓　秀著
㉘書鄉長短調 黃碧端著
㉙愛情・仇恨・政治 朱立民著
・漢姆雷特專論及其他
㊵蝴蝶球傳奇 顏匯增著
㊶文化啓示錄 南方朔著
・真實與虛構
㊷日本這個國家 章　陸著
㊸在沉寂與鼎沸之間 黃碧端著
㊹民主與兩岸動向 余英時著
㊺靈魂的按摩 劉紹銘著
㊻迎向眾聲 向　陽著
・八〇年代臺灣文化情境觀察
㊼蛾變中的臺灣經濟 于宗先著
㊽從現代到當代 鄭樹森著
㊾嚴肅的遊戲 楊錦郁著
・當代文藝訪談錄
㊿甜鹹酸梅 向　明著
71楓香 黃國彬著
72日本深層 齊　濤著

⑬美麗的負荷

封德屏 著

本書是作者從事寫作的文字總集。有少女時代所寫，如詩如歌的雋永小品；更有以求眞存眞的態度詳實記錄而成的報導文字，對象涵蓋作家、影劇圈、藝術家等文藝工作者的訪談記錄。值得有心人一起駐足品賞。

⑭現代文明的隱者

周陽山 著

生爲現代人，身處文明世界，又何能自隱於現代文明？本書內容包括散文、報導文學、音樂、影評、書評等，作者中西學養兼富，體驗靈敏，以悲憫之心關懷社會，以詳瞻分析品評文藝，是學術研究外，結合專業知識與文學筆調的另一種嘗試。

⑮煙火與噴泉

白 靈 著

本書詳盡的評析了新詩的源起及演變、臺灣詩壇的今與昔，除介紹鄭愁予、葉維廉、羅青等當代名家的詩作及創作理念外，並給予初習新詩者的入門指引，值得想一探新詩領域的您細細研讀。

⑯七十浮跡

・生活體驗與思考

項退結 著

本書是作者一生所思所悟與生活體驗。從青年時米蘭求學，到「哲學之遺忘」的西德八年，再到主持《現代學苑》實踐對文化與思想的關懷，最後從事教學與學術研究的漫長人生歷程。雖是略帶有自傳性質，卻也反映了一個哲學人所代表的時代徵兆。

⑰永恆的彩虹

小民 著

問世間情是何物，怎教人如此感念！環遶家園周遭的倫理親情、憶往懷舊的大陸鄉情、恆久不渝的溫馨友情……，是多麼的令人難以忘懷。本書作者以平和的語氣、平實的筆調，娓娓道出人世間的種種至情，讀來無限思情襲上心頭。

⑱情繫一環

梁錫華 著

寫作是件動腦動筆的事，使人保持身心熱切，而創造性的熱切是有助健康和留住青春的。本書作者以其悲天憫人的襟懷，寓理於文，冀望讀者會心處，除了青春、健康外，另有所得。

⑲遠山一抹

思果 著

本書是作者近二十年來有關文藝批評、中英文文學、語文、寫作研究的精心之作。作者學貫中西，探究深微，以精純的文字、獨到的見解，寫出篇篇字斟句酌、妙筆生花的佳作，令人百讀不厭。

⑳尋找希望的星空

呂大明 著

在人生的旅途中，處處是絕望的陷阱，但晚星的光芒是黎明的導航員，雨後的彩虹也會在遠方出現，絕望銜接著希望，超越絕望，希望的星空就呈現在眼前，願這本小書帶給您一片希望的星空……

⑧¹領養一株雲杉

黃文範　著

有人說，散文是作家的身分證，對譯人何嘗不是如此。本書是作者治譯之餘，跑出自囿於譯室門外自遣的心血結晶，涉獵範圍廣泛，文字洗練而富感情，展現作者另一種風貌，帶給讀者一份驚喜。

⑧²浮世情懷

劉安諾　著

本書是作者以其所思、所感、所見、所聞，發而爲文的結集。作者才思敏捷，信手拈來，或詼諧、或雋永，皆屬上乘。在這匆遽忙碌的時代，不妨暫停一下，此書當能博君一粲。

⑧³天涯長青

趙淑俠　著

文藝創作者身處他鄉異國，該如何面對因文化差異所帶來的困擾？本書所描寫的，是作者旅居異域多年的感觸、收穫和挫折。其中亦有生活上的小點滴，時而凝重、時而幽默，清晰的呈現出東西文化的異同風貌，讓讀者享受一場世界文化的大河之旅。

⑧⁴文學札記

黃國彬　著

作者放眼不同的時空，深入淺出地探討文學的現象、趨勢，以至個別作家的風格，舉凡詩、散文、小說、文學評論等，都能道人所未道，言人所未言，把學問、識見、趣味共冶於一爐，堪稱文學評論集的佳作。

⑧⑤訪草（第一卷）

陳冠學 著

本書是作者於田園生活中所見所感之作，內有田園畫，有家居圖，有專寫田園聲光、哲理的卷軸。喜愛大自然田園清新景象的讀者，將可從中獲得一份未曾預期的驚喜與滿足；另有一小部分有關人性與人生哲理的文字，則會句句印入您的心底。

⑧⑥藍色的斷想

·孤獨者隨想錄

A·B·C全卷

陳冠學 著

本書是作者暫離大自然和田園，帶著深沉的憂鬱面對人世之作。一路上你將有許多領略與感觸，時或有天光爆破的驚喜；但多數時候，你的心頭將披著一襲輕愁，甚或覆著一領悲情。這是悲觀哲學，卻是被熱情、關心與希望融化了的悲觀哲學。

⑧⑦追不回的永恆

彭歌 著

本書是《聯合報》副刊上「三三草」專欄的結集。作者以其犀利的筆鋒，對種種社會現象痛下針砭，冀望這些警世的短文，能如暮鼓晨鐘般，在這變亂紛乘的時代，起著振聾發聵的作用。

⑧⑧紫水晶戒指

小民 著

俗世間的珍寶，有謂璀燦的鑽石碧玉，有謂顯榮的列鼎封侯。其實生活就是人生最美的寶物，不假外求。非常喜愛紫色的小民女士，以她一貫親切、自然的文筆，輯選出這本小品，好比美麗的紫色禮物，要獻給愛好文學也愛好生活的您。

⑧⑨心路的嬉逐

劉延湘　著

本書筆調清新幽默，論理深刻而又能落實於生活踐履。走一趟作者精心安排的「心路」之旅，您將莞爾一笑，心情頓時開朗。而您也將發現，原以爲只是一條山間小路，結果卻是風景優美，鳥語花香的舒坦大道。

⑨⓪情書外一章

韓秀　著

情與愛是人類謳歌不盡的永恆主題，它爲空虛貧乏的現代生活加添了無數的色彩。本書記錄下了作者在日常生活中感受到的親情、愛情、友情及故園情，在書中點滴的情感交流裏，在這些溫馨的文字中，我們是否也能試著尋回一些早已失去的東西。

⑨①情到深處

簡宛　著

本書是作者旅美二十五年後的第二十五本結集。身爲一個教育家，作者以其溫婉親切的筆調，寫出篇篇充滿溫情的佳構，不惟感動人心，亦復激勵人性。將愛、生活與學習確實的體驗，眞正感受到人生的有情，生命也因此生意盎然。

⑨②父女對話

陳冠學　著

一位老父與五歲幼女徜徉在山林之間，山林蓊鬱，山泉甘冽，這裏自有一份孤獨的甘美。本書是記述作者父女在人世僻靜的一個角落，過著遺世獨立生活的文字畫。舉世滔滔，這應是一面明鏡，堪供讀者對照。

⑨③陳冲前傳

嚴歌苓　著

在好萊塢市場，多少人一夜成名直步青雲，又有多少人一朝雲中跌落從此絕跡銀海。身為一個中國人，陳冲是經過多少的奮鬪與波折，身為一個聰慧多感的女子，她又是經過多少的心路激盪，才能處於這洶湧波滔中。本書將為您娓娓道出陳冲的故事。

⑨④面壁笑人類

祖　慰　著

本書是有「怪味小說派」之稱的大陸作家祖慰，在巴黎面壁五年悟得的佳構。他的散文神遊八荒，情貫萬里，將理性的思惟和非理性的激情雜揉一起。讀其作品既能吸收大量的科普知識，又可汲取其飄逸文風的美感享受。

⑨⑤不老的詩心

夏鐵肩　著

夏先生一生從事文化工作，大半心力都用在鼓勵培植有潛能的青年人，助他們走上文學貢獻之路。而他本身亦創作出不少的長短佳文。本書收錄計有：詩詞小品、散文、方塊評論等。作者一顆不老的詩心，洋溢在篇篇佳構中。

⑨⑥雲霧之國

合山　究　著

使中國風土之特殊性獨具一格的，與其說是天地的廣大，不如說是因塵埃、雲煙等而為之朦朦朧朧的自然空間吧！精氣、神仙、老莊、龍、山水畫、奇書等，其產生是有如何玄妙的根源啊！就以「雲霧」為起點，讓我們一起走進這美麗幻夢般的世界。

⑨⑦北京城不是一天造成的

喜樂　著

打從距今七百五十多年前開始，北京城走進歷史的繁華紛亂。現在，且輕輕走進史册中尋常百姓的那頁，一盞清茶、幾盤小點，看純中國的挿畫、尋純中國的足跡。由博學多聞的喜樂先生做嚮導，就讓你我在古意盎然中，細聆歲月的故事。

⑨⑧兩城憶往

楊孔鑫　著

霧裡的倫敦、浪漫的巴黎，除此之外，這兩城你可還留有其他印象。本書是作者派駐歐洲新聞工作二十多年的記錄。透過作者敏銳的筆觸，且讓讀者徜徉在花都、霧城的政經社會、文化藝術、風土人情以及歷史背景中。

⑨⑨吹不散的人影

高大鵬　著

時代替換的快速，不知替換了多少人生舞臺上出現刹那的面孔；而人類，偏又是最健忘的族群。本書中所收錄的文章，均是作者用客觀的筆，爲曾替人類社會或文化默默辛勤耕耘的「園丁」們，做最眞實的文字記錄。

⑩⑩桑樹下

繆天華　著

本書是作者在斗室外桑樹蔭的綠窗下寫就的小品散文。作者試圖在記憶的深處，尋回那些感人甚深的、發人深省的，或者趣味濃郁的人文逸事，不惟激勵讀者高遠的志趣，亦能遠離消沉、絕望的深淵。

⑩ 文化脈動

張錯 著

「我是一個文化悲觀者，因爲我個人一直堅持某種希臘式的古典禮範，而這種文學或文化古典禮範，已日漸有如夫子當年春秋戰國的禮崩樂壞。」作者就是以這顆悲憫的心，用詩人敏銳的筆觸，深刻而熱切的批判著臺灣的文化怪象。

⑩ 牛頓來訪

石家興 著

本書爲作者三十多年來從事科學工作的心情寫照，包括思想、報導、論述、親情、遊記等等。文中處處流露出作者對科學的執著與熱愛，及超越科學之外的人文情懷，篇篇清新雋永，理中含情，情中有理，爲科學與文學的結合，作了一番完美的見證。

⑩ 深情回眸

鮑曉暉 著

作者生長在一個顚沛流離的時代，雖然歷經千辛萬苦，但行文於字裏行間，卻不見怨天尤人；有的只是對以往和艱苦環境奮鬥的懷念及對現今生活的珍惜，以及世間人事物的觀照及關懷。做爲一本懷舊之作，或是清新的生活小品，本書皆爲上乘之作。

⑩ 新詩補給站

渡也 著

你寫過新詩嗎？你知道如何寫一首具有詩味的新詩？本書是由甫獲得「創世紀四十周年創作獎」的詩人兼詩評論家渡也先生，深入而精闢的剖析一首新詩的形成過程，指導初學者從如何造簡單句到如何寫出一首詩，是一本值得新詩愛好者注意的書。

國立中央圖書館出版品預行編目資料

浮世情懷／劉安諾著. --初版. --臺北
市：三民，民83
面；　公分. --(三民叢刊;82)
ISBN 957-14-2097-2 (平裝)

855　　　　　　　　83010140

著作人 劉安諾
發行人 劉振强
著作財產權人 三民書局股份有限公司
臺北市復興北路三八六號
發行所 三民書局股份有限公司
地　址／臺北市復興北路三八六號
郵　撥／〇〇〇九九九八——五號
印刷所 三民書局股份有限公司
門市部 復北店／臺北市復興北路三八六號
重南店／臺北市重慶南路一段六十一號
初　版 中華民國八十三年十一月
編　號 S 85268
基本定價 叁元叁角叁分
行政院新聞局登記證局版臺業字第〇二〇〇號

ISBN 957-14-2097-2 (平裝)